年上幼なじみの若奥様になりました

Aoko & Akihiro

葉嶋ナノハ

Nanoha Hashima

エタニティ文庫

目次

年上幼なじみの若奥様になりました

お正月というのは、おめでたい日ではなかったのか。

その日、家族や幼なじみらとのんびりすごしていた落合蒼恋のもとに、最悪の報せが訪れる。

郵便局員から自分あての書留を受け取った蒼恋は、玄関で呆然とした。

「……内定、取り消し？」

蒼恋の手を離れた封筒が床に落ちる。それにかまわず、彼女は握りしめていた用紙を注意深くもう一度読んだ。

そこには蒼恋がこの春、大学を卒業して就職する予定だった会社からの説明書きがある。親会社が実質倒産し、そのあおりを受けた内定先は今後の運営の見通しが立たなくなったとのことだった。

「う、嘘でしょ。今さら」

何度読んでも内容は同じだ。間違いではない。

十五社も受けて、ようやくもらえた内定だったのに。ショックで目の前が真っ暗になる。板張りの廊下の冷たさが、タイツを穿いた足の裏にしみこんでいった。

「蒼恋、どうした？」

そこに、リビングから出てきた野田晃弘の声が届いた。

こんなときだというのに、蒼恋の胸がきゅんと鳴る。

晃弘は蒼恋のとなりの家に住む、十歳年上の幼なじみだ。四年前、蒼恋が大学入学のときに名古屋へ転勤となったが、盆と正月には必ず東京へ帰っていた。彼には母がいないため、正月は彼の父親とともに蒼恋の家ですごすのが恒例となっている。

落合家と野田家は家族ぐるみで仲がよいのだ。

「あ、晃ちゃ、ん」

ただごとではない蒼恋の様子を見た晃弘は、その端整な顔を曇らせる。

「何が届いたんだ？」

背の高い晃弘は、かがんで用紙を覗きこんだ。

「見ちゃダメ！」

蒼恋は咄嗟に用紙を握りつぶし、背を向けた。その拍子に、蒼恋の肩下まである髪が揺れる。

こんな情けないもの、この人にだけは絶対に見られたくない。知られたくない。

幼いころから現在まで片思いをしている、初恋の人にだけは——

「どうしたの、蒼恋」

今度は母だ。

「何ごとだ？」

母の後ろから父も現れる。晃弘に聞かれたくはないが、父には言わざるをえない。

何も正月早々、こんな書留を送らなくてもいいのに。蒼恋はそう思いながら、諦めの境地でうつむいた。

「私……内定、取り消しだって……」

蚊の鳴くような声とともに蒼恋が差し出した用紙を、母が受け取った。父とふたりで何かを言っているようだが、蒼恋の耳には入らない。それよりも黙っている晃弘のことが気にかかる。呆れられただろうか。ダメなやつだと思われているだろうか。彼の表情を見るのが怖い。

蒼恋の胸がずきずきと痛み、体がふらふらしてきた。

「ごめん。私ちょっと、部屋にいってるね」

姉夫婦や姪っ子がいるリビングに今は戻りたくない。

蒼恋は無理やり笑顔を作って父母に笑いかけた。だが、晃弘にだけはどうしても顔を向けられない。

「蒼恋、待って」

一歩踏み出した蒼恋の二の腕を晃弘が掴む。

「な、何？」

思わず、うつむいていた顔を上げてしまった。

彼は切羽詰まった表情で自分を見つめている。こちらが苦しくなるくらいに切ないこの表情を、蒼恋はずっと前に見たことがある。あれはいつだったか――思い出そうとしたときだった。

「俺と結婚しよう、蒼恋」

「え？」

「俺と結婚してほしいんだ」

「ちょっ、え？　は……？」

蒼恋は自分の耳を疑った。

十年以上も片思いをしている相手が、現在進行形で憧れている初恋の人が、自分と結婚をしたい……？

「あ、晃ちゃん、ちょっとあなた、どうしたの？」

「何を言ってるんだ、晃ちゃん。正月早々、冗談きついぞ」

父母が焦った声を出す。騒ぎを聞きつけた晃弘の父もやってくる。

蒼恋も両親の意見に同感だ。

晃弘の言動は正月の酒を飲みすぎて酔っているせいだと思った。

だが、彼の顔色はいつもと同じだ。そういえば……彼は酒を勧められても遠慮をし、今日は大切なことがあるからと言っていた。服装もスーツ姿で、仕事があるのだろうとみんなで勝手に解釈していたのだ。

「晃ちゃん、あの、嘘でしょ……？」

見上げると、晃弘は真剣な表情で蒼恋を見つめ返している。

「俺は冗談も嘘も言ってない。本気なんだ。俺がこっちに戻ってきたら、蒼恋と一緒に住みたい家も、めぼしをつけてある」

「え、ええっ！」

「蒼恋、これを見て」

晃弘はジャケットの内ポケットから白い封筒を取り出し、それを蒼恋の手に持たせる。

言われるがままに蒼恋は一枚の紙に目を落とした。

初めて見る用紙だ。何が書かれているかを確認して愕然（がくぜん）とする。

「これ、こっ、婚姻届だよ！」

「俺の名前は書いておいた。あとは蒼恋の名前と、保証人だけだ」

確かに「野田晃弘」と記入されていた。用紙を持つ蒼恋の手が震える。

「俺の気持ちが本気だって、わかってくれた？」

「わ、わかった、って、だって、あ、あの」

あたふたする蒼恋の肩を、晃弘の大きな手が強く抱いた。

「おじさん、おばさん。俺に蒼恋をください」

ようやく騒動が収まったころには、もう夜になっていた。

蒼恋はパニックになりながらも、晃弘のプロポーズを受けた。断る理由などどこにもなかったからだ。

蒼恋の父は、娘可愛さに最初は反対の姿勢を見せた。だが、どうせいつか結婚するならば知らない男に持っていかれるより、幼いころからよく知る晃弘のほうが安心だという結論に落ち着いたらしい。しばらくすると、賛成してくれた。

落合家と野田家は特に父親同士の仲がいい。ふたりの父親は互いが親戚になることを喜び、晃弘と三人で酒を酌み交わした。

蒼恋の長年の片思いを知っていた母と姉は、もちろん大喜びだ。

たった半日の間に、蒼恋はやっとの思いで得た内定を取り消され、片思いしている幼なじみにプロポーズをされ、そして結婚が決まった。いずれも、まだ信じがたいことばかりだ。

「長々とお邪魔しました」

玄関で晃弘と彼の父を見送る蒼恋は、まだふわふわと夢見心地でいた。

「晃ちゃん大丈夫？　ふたりとも泊まっていってもいいのよ？」

蒼恋の母が晃弘に声をかける。

「大丈夫です。お騒がせしてすみません」

酔った自分の父親に肩を貸しながら、晃弘が頭を下げた。蒼恋の父はリビングで大いびきをかいて寝ている。ふたりとも飲みすぎだ。

「本当に突然すみませんでした。でも俺は本気ですので……よろしくお願いします」

「こちらこそよろしくね。晃ちゃんなら私も安心よ」

母が微笑む。うなずいた晃弘は、顔だけ蒼恋を振り向いた。目を細めて自分を見る晃弘に、胸がどきりとする。

「蒼恋、驚かせてごめんな」

「う、うん。……ううん」

どういう顔をしていいのかわからず、こくこくとうなずくしかできない。

「じゃあな、おやすみ」

「おやすみなさい、晃ちゃん」

晃弘を見送った蒼恋は、二階の自室に駆け上がる。落ち着かない気持ちとともに、勢いよくベッドに倒れこんだ。

「……信じられない。信じられない、信じられない……！」

宝物のぬいぐるみを、ぎゅううっと抱きしめる。このぬいぐるみは、蒼恋が小学一年生のときに晃弘がプレゼントしてくれたものだ。彼は当時、高校生だった。

それは、蒼恋の七歳の誕生日のこと。急に両親が親戚の家にいかねばならなくなり、姉の友里恵と晃弘が蒼恋を預かって、遊園地へいくことになったのだ。だが遊園地に着くや否や、友里恵は待ち合わせていた彼氏とどこかへいってしまった。結局、晃弘と蒼恋のふたりで遊園地を回ることになったのだが、晃弘はいやな顔ひとつせず蒼恋と遊んでくれた。それどころか蒼恋の好きなキャラクターを覚えていて、誕生日のプレゼントに、このぬいぐるみを買ってくれたのだ。

ぬいぐるみを渡されたのは遊園地の片隅にある植物園。大きなサボテンと色鮮やかな花々、ひらひらと蝶が飛びまわる印象的な場所だった。

家族がそばにいないことで不安だった蒼恋の心に、晃弘の優しさが広がり、涙があふれたことを今でも思い出す。

そのときから蒼恋にとって晃弘は「おとなりのお兄ちゃん」というだけではない、特別な人になった。彼に、恋心を抱いたのだ。

母のいない晃弘は幼いころから蒼恋の家に呼ばれ、よく一緒に食事をした。晃弘が大学へ入ってからはその機会がずいぶん減ってしまったが、代わりに正月と盆休みに彼の父とともに蒼恋の家にきて、一日をすごす習慣が続いている。

友里恵と晃弘は同級生の幼なじみだが、互いに恋愛感情を抱いたことはないらしい。姉はとっくに結婚して、子どももいる。

そして蒼恋はといえば……晃弘に完全に子ども扱いされ、よくて妹くらいの存在だと思われていたはずなのだ。

なぜなら四年前、蒼恋は晃弘にしっかりフラれていたのだから。


あれは、蒼恋が高校三年生の冬。

厳しい寒さの続く二月中旬、ようやく待ち人が車で帰ってきた。蒼恋は急いで自宅の玄関を出る。夜の空気は頬を刺すほどに冷たく、街灯は橙色(だいだいいろ)の光を家の前に落としていた。

となりの野田家の表札の前で立ち止まると、車から彼が降りてくる。

「晃ちゃん、お帰り」

「蒼恋？　どうしたんだ、こんな夜遅くに」

晃弘は驚いた顔で駐車スペースから出て、蒼恋に駆け寄った。コートとビジネスバッグを携(たずさ)えた晃弘のスーツ姿に、蒼恋の胸がきゅっと痛くなる。

十歳年上の初恋の人が客観的にも素敵な男性だと気づいたのは、蒼恋が中学一年のときだ。家に遊びにきた同級生が、偶然見かけた晃弘を格好いいと騒いだのである。

晃弘は身長が高く細身で、何を着てもよく似合う。サラリとした清潔感のある黒髪、涼し気な瞳、鼻筋は通っていて、薄い唇は形がいい。誰が見ても素敵な男性なのは確かだ。

それに、性格もよい。

蒼恋を見守る彼の表情はいつでも優しかった。だが、それは幼い子どもを見るかのように心配げで――

いい加減に子ども扱いをやめてほしくなった蒼恋は一大決心をし、今夜、彼を待っていたのだ。

「渡したいものがあって待ってたの」

「ずっと外にいたのか？」

「ううん、家の玄関にいた」

「玄関だって寒いだろ。ほら、こんなに冷えてるじゃないか」

晃弘の指が蒼恋の頬に触れる。とたんに顔が、かっと熱くなった。仄(ほの)かに香る大人のフレグランスが蒼恋の鼻先をくすぐる。

「だ、大丈夫。晃ちゃん、あの……これ。受け取って」

手作りしたチョコレートの入る箱を晃弘に差し出した。言葉とともに吐き出された真っ白い息が闇に溶けていく。緊張と恥ずかしさで、寒さどころではないのだが。

「……バレンタインか、ありがとうな」

綺麗に包装した箱を受け取った晃弘は、一瞬戸惑(とまど)った表情を見せた。それにかまわず、蒼恋は思いを口にしようとする。

「晃ちゃん、私ね。晃ちゃんのこと――」

「あのさ、蒼恋」

「どうして最後まで聞いてくれないの？　やっぱり今回も、拒否(きょひ)る……？」

続きを聞きたくなかった蒼恋は、晃弘の言葉を遮(さえぎ)った。

蒼恋は晃弘に淡い恋心を抱いた小学生のころから、毎年チョコレートを渡し続けた。中学三年のバレンタインにはチョコレートと一緒に「晃ちゃんのことが好き」と告白した。だが当然のように優しくかわされる。それは本当の恋ではないのだと、諭(さと)された。

だから、その後のバレンタインでは、晃弘の迷惑にならないようにと何も渡さないでいた。しかし我慢すればするほど蒼恋の恋心は膨らみ、再び気持ちを告げずにはいられなくなったのだ。

「……もう遅いから家に帰りな。寒いだろ？」

「答えてくれたら帰る」

蒼恋は口を引き結び、晃弘を強く見つめた。その視線から逃れるように晃弘が顔をそらす。

「拒否るも何も……高校生に手は出せません。蒼恋だって俺の年、わかってるよな？」

「にじゅう、はち」

「正解」

「私が高校生じゃなければいいの？　もうすぐ卒業するんだよ？　そのあとならいいの？」

蒼恋は必死に言い募った。

「蒼恋は俺のこと何も知らないだろ？」

「え？」

「俺に夢見すぎだよ」

晃弘は苦笑する。

「蒼恋のそれは、多分違う『好き』なんだよ。大学に入って、蒼恋と同じ年くらいの男と一緒にいれば、これが本当の恋じゃないってわかる」

「中三のときも晃ちゃんに同じこと言われたけど、私の気持ちは変わらなかったよ？　高校に入っても、男子と一緒にいても、やっぱり晃ちゃんのことが――」

「……」

「好き、なの」

彼が困っているのが伝わってきた。

「今日、彼女といて遅かったの？」

「彼女はいないけどさ」

困らせているのに、止まらない。どうしようもなくて、聞きたくないことまでぶつけてしまう。

「前にいたでしょ……？」

「とっくに別れてるよ。今は仕事が忙しくて、そんなヒマはない」

「そうなの？」

晃弘が真剣な顔つきになった。その瞳と声色が、蒼恋の胸を震わせる。それは苦しく

なるほどに切なげな表情だった。

「蒼恋」

「俺、三月に名古屋にいくんだ」

「え!?」

「会社に新店舗ができて、そこの売り上げに貢献するために派遣されることになった」

「出張じゃなくて？」

不動産会社に勤める晃弘は、営業の成績がとてもいいのだと父から聞いていた。

「ああ、出張じゃない。少なくとも三、四年は東京に帰ってこないと思う」

頭を殴られたような衝撃が走る。
三、四年ということは、蒼恋が大学を卒業するまでだ。
「嘘……」

「嘘じゃないよ。もう、決めた」

（そんなの、いや！）

思うと同時に蒼恋は晃弘の胸に飛びこんでいた。彼の手から鞄とコートが離れ、地面にどさりと落ちる。

「私、待ってちゃダメ？」

細身に見えていたが、やはり男性なのだ。硬くてしっかりとした晃弘の胸に触れた蒼恋は、こんなときなのに意識してしまう。間近に迫る晃弘の香りが、蒼恋のあふれる気持ちを押し上げた。

「私、晃ちゃんが好きなの。ずっとずっと、好きなの。それはこれからも変わらないよ。変われないよ……！」

晃弘が遠くにいってしまう。

大学に入っても、就職しても、となりにいた晃弘が。蒼恋の手の届かないところへ……。

想像するだけで耐えられないくらいにつらかった。胸がずきずきと痛み、息苦しい。

「蒼恋」

「私、もう十八歳だよ？　そんなに子どもっぽい？　可愛くない？　晃ちゃんの好みじゃない？」

「そんなことないよ。蒼恋は十分可愛いと思う」

「だったら――」

言いかけた蒼恋の体を、晃弘の手がそっと抱きしめる。それは驚く間もないほど、ほんの一瞬のできごとだった。晃弘の両手はすぐに離れ、蒼恋の両肩を掴む。

とても強い力だ。

「蒼恋。早く大人になれ。そしたら」

「そしたら……？」

「……なんてな。ごめん」

蒼恋の両肩を掴んだまま、晃弘がうつむく。どういう意味かわからず、蒼恋は黙って彼を見つめた。

「俺に蒼恋を縛ることはできないよ。大学でいろんな人に出会って、将来のために勉強して、めいっぱい大学生活を楽しんでおいで」

「晃ちゃん」

「ほら、家に入るとこ見ててやるから。もういきな」

蒼恋を離した晃弘は、落ちていたコートと鞄を拾った。

家の前を自転車が通りすぎる。ぎーこぎーこと、ペダルの音が夜の空気に響いた。

「……おやすみ、なさい」

「おやすみ、蒼恋」

「ありがとな」

眉根を寄せて無理に微笑んだ晃弘の顔が、蒼恋の胸に突き刺さる。

自分のことはいい加減に諦めろという表情なのだと、無理やり理解した。


それでも蒼恋は大学ですごしたこの四年間、一日も晃弘を思わずにいられた日はなかった。

受け入れてもらえないのはわかっていても、彼が帰ってくるのを待ちわびてすごしていたのだ。

とはいえ、もう自分の気持ちを押しつけることはしない。ただ胸のなかでひっそりと思い続けていた。

だから、晃弘の突然のプロポーズに蒼恋は混乱してしまった。

そんな彼女をよそにプロポーズのあと、晃弘は改めてその場にいるみんなに挨拶をした。

彼は蒼恋のことをずっと妹のように思っていたが、彼女が高三のときに真剣な告白をされ、動揺したという。その気持ちが本気なのかを確かめるために名古屋への転勤を決めたそうだ。そして、その後誰とも交際をせずに、蒼恋を好きだという気持ちを持ち続けていたと説明する。

さらに、いまだに蒼恋が晃弘のことを好きで、誰かに告白をされてもつき合おうとしないと友里恵から聞き、心を決めたこと。蒼恋の気持ち次第だが、蒼恋が就職しようがしまいが、プロポーズをしようとしていたこと。だから今日はスーツを着てきたのだということを語った。

晃弘の話は全て、蒼恋が初めて聞くものだった。

内定を取り消された自分に同情しただけなのかもしれないという仮説は、その場で晃弘に否定された。

「私が、晃ちゃんと結婚……？」

ぬいぐるみを手にしたまま、蒼恋はごろごろとベッドの上を寝転がる。

（本当に本当なの？　晃ちゃんが私と結婚だなんて……！）

幼いころから晃弘のお嫁さんになることが夢だった。それは叶わないのだと、自分に言い聞かせていたのに。

夢ならどうか覚めないで――

蒼恋は再びぬいぐるみを抱きしめ、晃弘のプロポーズの言葉を何度も胸の中で繰り返した。

プロポーズをされた直後から、とんとん拍子に結婚話は進んだ。

蒼恋の大学卒業を控えた、三月初旬の水曜日。晃弘の休日に合わせて、ふたりは打ち合わせのために目黒（めぐろ）の挙式会場へいく。

打ち合わせはスムーズに終わったものの、衣装の試着は予約の時間をすぎて始まった。最近は蒼恋たちと同じく、気候のよい五月に挙式を選ぶカップルが増え、今日は一日中、衣装合わせの予約がいっぱいだったらしい。

ようやく蒼恋たちの番になり、まず晃弘から試着を始めた。待ち時間に選んでおいた衣装だ。

「よくお似合いですよ。ご新婦様もご覧ください」

店員に促され、晃弘が試着室から出てくる。

「あ……」

晃弘の新郎姿は、蒼恋の胸を一瞬でときめかせた。

彼は身長が百八十センチある。蒼恋とは二十センチの差だ。濃いグレーのフロックコートが、晃弘の体型にぴったり合っている。あまりに似合いすぎていて目が離せない。

「黒と迷ったんだけど、こっちのほうがイイ感じだったから」

少々照れくさそうにした晃弘が蒼恋の前までやってきた。

「晃ちゃん、すごく似合う。王子様みたい」

「よせって、恥ずかしいよ」

「だって本当だよ」

蒼恋がつぶやくと、珍しく晃弘が顔を赤くして狼狽した。その意外な反応が可愛く思えて、蒼恋は思わずクスッと笑う。

「蒼恋は選んだのか？」

「たくさん着てみたいのがあって、迷っちゃって……」

「全部着てみればいいよ」

「いいの？」

「一生に一度なんだから後悔しないように着ろよ、な？」

「うん、ありがとう」

晃弘と入れ替わりに、蒼恋は店員と広い試着室に入る。

選んでおいた五着のドレスは、ポールにかけられていた。美しく並んだドレスに胸が踊る。

穿きやすいようにふんわりと広げられた、真っ白いシルクのドレスに脚を入れた。店員に着るのを手伝ってもらったが、長いドレスは想像以上に重たい。

素敵だと思ったのに、鏡に映った自分の姿はしっくりこなかった。

「ご新郎様にお見せしますか？」

「あ、ちょっと待ってください。こっちじゃなくて、やっぱりそっちがいいです」

晃弘にあまり似合っていないドレス姿を見せたくはない。

ドレスを脱ぎ、また別のドレスを着た。店員の手を借りながらとはいえ、慣れないことに手間取る。そして着てみたドレスは、サイズが合わなかった。肩のラインがどうしても滑り落ちてしまうのだ。諦めてまた別のドレスの支度を始める。あと少しで終わる、というところでカーテンの向こう側から晃弘の声が届いた。

「蒼恋ごめん、ひとりで選べるか？」

「え？」

「俺、これから東京駅で取引先の人と会う約束してるんだ。もういかないとならない」

そんなことは聞いていない。

「好きなの選んでていいからな」

蒼恋は店員にドレスの裾を持ってもらい、急いでカーテンのそばに移動した。

「ちょっと待って、晃ちゃん」

試着室のカーテンから顔だけ出す。近づいてきた晃弘が、申し訳なさそうな表情で蒼恋の頬を撫でた。

「こんなに時間がかかるとは予想してなかったんだ。試着が終わったら蒼恋と一緒にいって、向こうで少し待っててもらおうかと思ってたんだよ、ごめん。蒼恋のドレス姿は、当日までのお楽しみにとっておくから」

晃弘は貴重な休みを削って、名古屋から東京に出てきている。そのうえ、こちらでも仕事があるのだ。彼の大変さを思うと、わがままは言えない。

蒼恋は「いやだ」という言葉を呑みこみ、笑みを浮かべた。

「わかった。お仕事頑張ってね」

「ありがとう。一時間くらいで終わるから、そのあとで一緒にメシ食おう。あ、新居に入れる家具も見るんだったよな？」

「うん」

先日、代官山(だいかんやま)に新居が決まった。前から晃弘がめぼしをつけておいたというメゾネットタイプのマンションだ。実際にふたりが住むのは挙式後だが、来月には入居できるので、早めに家具を見ておこうと話していた。

「じゃあすみませんが、お願いします」

そばにいた別の店員に、晃弘が頭を下げる。

「かしこまりました。ご新婦様の試着のお写真は、こちらでお撮りしておきますので」

「ありがとうございます。じゃあな、蒼恋。あとで」

「いってらっしゃい」

「ほんとにごめんな。スマホに連絡入れる」

急ぐ晃弘の背中を見送った蒼恋は、店員に気づかれないよう小さく息をついた。

不満を感じるのはわがままなのだが、胸のなかにもやもやとしたものが広がる。今のことだけじゃない、結婚が決まってそのあとからずっと……引っかかっていることがあるのだ。


数時間後、晃弘から連絡が入る。蒼恋が東京駅に到着すると、待っていた晃弘が何度も謝った。呆れるくらいに繰り返し謝るので、蒼恋は笑ってしまった。

胸のもやもやはさておき、今はまだ、たまにしか彼と会えないのだ。限られた時間を楽しくすごすために気持ちを切り替え、晃弘と一緒にインテリアの店を訪れた。

「蒼恋の好きに決めていいよ」

「いいの？」

「俺はセンスないからな。蒼恋に任せるよ」

ふかふかのソファやダイニングテーブル、座りやすそうな椅子や大きなベッドが、広いフロアに陳列されている。真新しいそれらを見て、蒼恋の胸が躍った。

新居の間取り図を手にあちこち見て回る。図は晃弘が用意してくれたもので、細かい場所の幅や奥行き、高さが書きこまれていた。

「すごく素敵」

蒼恋はリビングへ置くのによさそうな、小ぶりのソファに近づいた。

「それいいね。こっちにもあるよ」

晃弘がとなりに並ぶ同じ大きさのソファを指さす。

「その色より、淡い色のほうが部屋が広く感じるんじゃないかな。あと、ソファの脚も……こっちのほうがすっきりして見えると思う」

「ああそうか、なるほど。よくそんな細かいところまで気づくなぁ」

彼に誉められて照れながら、今度はダイニングテーブルや食器棚のあるコーナーに移動する。置かれたものを確認してつぶやいた。

「ここにあるのは買えないかな」

「え、なんで?」

驚く晃弘に、蒼恋は図面を見せて説明する。

「ダイニングテーブルは、少し狭いけどこっちのスペースに置くのが一番いいと思う。でもお店にあるのはどっしりした大きいものが多いから、ネットで探したほうが早いかも」

「へえ、そうなのか」

「食器棚は、こういうのがいいな」

蒼恋は、別の場所にあった背の低い扉つきの棚を指さす。

「それ、普通の棚じゃないのか？」

「うん、普通のがいいの。晃ちゃんと私のふたりなら、これで十分。もしこの先、大きな食器棚が必要になったとき、この棚は別の用途で使えるでしょ？　本棚とかタオル入れ……なんにでもなるから、無駄がないかなって」

「なるほどなぁ」

その後も、部屋の照明器具や収納場所など、蒼恋の提案に晃弘はいちいち感心した。生活に利用しやすいように、部屋が広く明るく見えるようにと蒼恋が考えたことは、彼には思いつかないことだったようだ。

いつも頼ってばかりいる晃弘に本気で誉められ、蒼恋は嬉しかった。そしてふと、自分の気持ちに気がつく。

「どうした、蒼恋？」

「私、こういうのを考えるのが好きなのかもしれない」

「こういうのって、インテリア？」

「そう。一度も家を出たことがないから今まで気づかなかったけど、家のなかのことを考えるのってすごく楽しい」

「新たな発見だな。俺も蒼恋の新しい一面を知れて、嬉しいよ」

笑った晃弘が蒼恋の頭をぽんと撫でた。

蒼恋は自分のなかに生まれたこの気づきを、なんとなく……大切にしてみようと思った。

インテリアを見終え、夕食はイタリアンの店に入る。

白ワインで乾杯をした。口当たりがフルーティで飲みやすい。

「お仕事、忙しいんだね」

蒼恋はつい、口に出してしまった。

ここに着くまでに、晃弘の携帯に何度か仕事の電話が入ったのだ。

「名古屋のお客さんの引継ぎと、こっちでかかわる業者との打ち合わせが同時進行だからな。もしかすると、今後の結婚準備を蒼恋に任せることが増えるかもしれない。なるべく参加できるようにはするけど……いい？」

ワインを飲みながら、晃弘が心配そうに蒼恋を見る。

「うん、任せて」

「大丈夫か？」

「大丈夫だよ。私は時間がたっぷりあるんだもん」

（いつまでもこんなふうに子ども扱いされるのはいや。大人の彼に釣り合う女性になるためにも頑張らないと）

そう決意し、蒼恋は笑顔を作った。

晃弘を安心させようと、ゆったりとした態度で食事を続ける。

アンティパストの鰯のマリネは、ほどよい酸味がきいていた。ゴルゴンゾーラのパスタは濃厚なチーズが絡めてあり、舌までとろけてしまいそうだ。ほどよくレアに焼かれた和牛ロース肉のタリアータは、たっぷりのサラダと一緒に頬張る。

おいしいねと微笑み合った。

けれど、いい雰囲気とワインのほろ酔いから、蒼恋は気になっていることを確かめてしまう。

「晃ちゃん、今夜はこっちにいるの？」

「ああ、実家に泊まるよ。明日の午前中はこっちで少し仕事をして、午後は名古屋で仕事だ」

「……そう、なんだ」

「どうした？」

「う、ううん。なんでも」

蒼恋は恥ずかしさに顔をほてらせ、うつむいた。

このあと一緒にどこかへ泊まろうか、などという晃弘の言葉を、ほんの少しでも期待した自分がいやになる。彼は忙しいのだから、これ以上拘束できないのはわかっているのに……寂しい。

蒼恋は黙って食後のドルチェを口に入れた。アフォガートが舌の上で甘く溶け、ほんのりとした苦みを残す。

食事を終えたふたりは電車に乗り、実家の最寄駅からタクシーで帰った。

嬉しかったはずのとなり同士が、こんなときは恨めしい。どこかに遠回りしたいと言いたくても、言えないのだから。

タクシーから降りた晃弘は蒼恋の家の前で立ち止まった。

「見ててやるから、早く入りな」

何度も聞いたその言葉に未だ子ども扱いされていることを思い知らされ、蒼恋は自嘲したくなる。

「おやすみ、蒼恋」

「おやすみなさい……」

玄関の扉を開け、家に入った蒼恋は絞り出すようにつぶやいた。

「私たちもうすぐ、結婚するんだよね？」

別れ際に甘い言葉をかけるとか、また会おうとキスをするとか、今夜は帰したくないと抱きしめるとか。恋人同士ならそれが普通なのではないか。蒼恋自身は一度も経験がないけれど、それくらいは知っている。

そう、蒼恋の心にずっと引っかかっているのは、プロポーズをする前となんら変わりのない、晃弘の穏やかな態度だ。

キスすらしないなんて、晃弘は本当に自分のことを好きなのだろうか――

蒼恋は不安をあおられた。

「お帰り、蒼恋。お風呂沸いてるわよ」

リビングでは母がテレビを見ている。

「ただいま。お父さんは？」

「飲み会で遅くなるそうよ。晃ちゃんと一緒に帰ってきたの？」

「……うん。ねえ、お母さん」

バラエティ番組を見て笑っていた母は、蒼恋の声に振り向いた。

「どうしたの？　何かあった？」

不安を母に相談しかけるが、思いとどまる。

「う、ううん。そうだ、明日お料理教えてくれない？」

「いいわよ！　そうよね、もうすぐ奥さんになるんだものね。何か覚えたいメニューはある?」

「晃ちゃんはお母さんの味に慣れてるだろうから、なんでもいいよ」

「あら、嬉しい。じゃあ何にしようかしら」

「着替えてくるね」

蒼恋は急いで二階の自室に入り、スマホで大学の友人たちにメッセージを入れる。内容は「晃弘が全く手を出してくれない」という愚痴だった。

グループ内でやり取りをするのは、愛理(あいり)と礼奈(れな)、唯香(ゆいか)。なんでも話せる気が置けない友人だ。

すぐにメッセージが返ってくる。

『いくらなんでも、結婚間近なのに何もしないっていうのはおかしくない?』

『蒼恋が小さいころから一緒だから、そういう対象に見づらいのかも。周りに大人の女性がいる晃ちゃんからすれば、子どもっぽいと思われてるのかな』

『プロポーズをしてみたものの、保護者気分が抜けないとか? 蒼恋の就職がダメになってかわいそうだったから結婚を申しこんだんじゃないよね? もしそんな理由だったら許しちゃダメだよ?』

いろいろな意見が飛びかう。彼女らが思案してくれているのはわかるのだが……蒼恋は泣きそうだった。

（晃ちゃんは私の就職がダメになったのを知る前から、プロポーズを考えていたと言っていた。だから同情で結婚するわけじゃないよね？）

嬉しいはずの結婚が不安でしかたがないのは、自分に自信がないせいだろうか。

これが贅沢な悩みだというのはわかっている。でも……

（こんな不安な思い、晃ちゃんからのたったひとつのキスがあれば、きっと全部消し飛ぶのに）

いつまで待てば、いいのだろう。

胸のなかにあるもやもやしたものがいつまでも離れず、蒼恋は明け方まで眠りにつくことができなかった。

五月晴れの日曜日。いよいよ今日は晃弘と蒼恋の挙式だ。

挙式前のほんのひととき。

アンティークの調度品が並ぶ部屋は、とても静かだった。花嫁の支度を終えた蒼恋は飴色の椅子に座り、レースのカーテンがそよぐ窓の外を見つめていた。

視線を膝に下ろすと、オーガンジーのドレスが目に入る。真っ白でふわふわだ。そのふわふわをつまんで引っ張り、裾に施された繊細なレースから白いパンプスの先を覗かせる。ヘリンボーンの床に窓から入った木漏れ日が落ちていた。

全身を無垢な白さに包まれた蒼恋は、小さく深呼吸する。

(とうとうキスすらしないままこの日を迎えてしまったけど、晃ちゃんを信じよう。このドレス、気に入ってくれるといいな)

晃弘に試着の画像は見せたが、実際に披露するのは初めてなので緊張する。

あれこれ迷って蒼恋が選んだのは、プリンセスラインのオーガンジードレス。オフショルダーの胸もとと裾がレース仕立てになっている。清楚な雰囲気がとても気に入り、このドレスに決めたのだ。

今日まで、本当に慌ただしい日々をすごした。

特に、忙しかった晃弘の代わりに家電や食器、寝具類など、生活に必要なものをひとりで選ぶのが大変だった。

五月に入ってすぐに籍を入れ、細かい手続きは全て済ませてある。だからすでに「野田蒼恋」なのだが、生活をともにしているわけではないので、まだ晃弘の妻であるという実感が湧かない。

ただ、晃弘が四月の中旬に実家に戻ってからの一ヶ月は、とても楽しくすごせた。ふたりでさまざまなことを決め、新居の準備をする。その帰りに食事にいったり、映画を見たり、短い時間だがドライブもした。

そして晃弘は、蒼恋の肩を抱いてくれるようになったのだ。いまだにそこ止まりではあるが、自分のためにゆっくり進んでくれているのだと、蒼恋なりに理解している。大切にされているからこそなのだと自分を納得させていた。

（だからもうなんの不安もないはず。キスすらしてないけど戸籍上は夫婦なんだし、これからみんなの前で結婚式。そして今夜は……とうとう晃ちゃんの本当のお嫁さんになるんだから）

ドアがノックされて蒼恋の心臓がどきんと鳴った。

「失礼いたします。ご新郎様がいらっしゃいました」

「あ、はい……！　どうぞ」

さぁどうぞ、という介添えの声とともにドアがひらいた。グレーのフロックコートの胸にブートニアをつけた晃弘が入ってくる。

蒼恋と視線が合った彼は、その場で立ち止まった。何も言わずにただ、蒼恋をじっと見つめている。

「晃ちゃん？」

「あ、ああ。蒼恋……き」

こちらへ一歩踏み出した晃弘が、何かを言いかけたそのとき。

「蒼恋っ！」

晃弘の後ろからモーニング姿の蒼恋の父が飛びこんできた。

「蒼恋お前、綺麗だなぁ、うん、うん……！」

「あ、ありがとう、お父さん」

父の勢いにうろたえる蒼恋のそばに、晃弘もくる。

「お父さん、まさかもう泣いてるんじゃないでしょうね」

「う、うるさい」

一緒に入ってきた蒼恋の姉、友里恵が父の顔を覗く。クスクスと笑う姉とは対照的に、父の目は真っ赤だ。そんな父を見た蒼恋の胸に、熱いものがこみ上げる。

「蒼恋、すごく綺麗だよ。晃ちゃんも格好いいね！」

「おう、ありがとな」

晃弘が照れくさそうに友里恵に笑う。それを見た蒼恋も釣られて笑うことができた。式の前から泣いていてはそのあとが大変だ。

「蒼恋のことよろしくね、晃ちゃん」

「ああ。任せて」

笑みを交わし合うふたりの言葉が嬉しかった。

「ちょっとお父さん、これからバージンロード歩くんでしょ。しっかりしてよ？」

ハンカチで目頭を押さえる父の背中を母がさする。母は姪っ子と手をつなぎ、蒼恋のそばにきた。義兄も一緒だ。

「綺麗よ蒼恋。本当に素敵。晃ちゃんと幸せにね」

「お母さ、ん……」

母の泣きそうな笑顔を見て、我慢していた蒼恋の目に涙があふれる。

「ダメよ、蒼恋。綺麗にしてもらったんだから。お化粧流れちゃうわよ」

「うん……」

実は今朝、家を出る前に父母には挨拶をしている。そのときはお互いにあっさりしたもので、涙など出なかった。いつでも帰ってくればいいじゃないか、遊びにいくからね、などと笑顔で言葉を交わしたのに。今は胸がしめつけられて、どうしようもない。

「蒼恋ちゃん、幸せにね」

「あおちゃん、ドレス綺麗」

「ありがとう、お義兄(にい)さん。梨乃(りの)も、ありがとう」

姪っ子の梨乃が小さな手で白いドレスに触れ、にっこりと笑った。涙を拭(ふ)いた蒼恋も笑顔で返す。

「晃ちゃん、今日はよろしくお願いしますね」

「はい。こちらこそよろしくお願いします」

「晃ちゃんが旦那さんだと思うと、今日も安心だわ、ふふ」

さっと涙を拭(ふ)いた母は、晃弘と笑い合っている。蒼恋は自分と晃弘が家族になることを、ようやく実感し始めていた。

「蒼恋ちゃん、晃弘をよろしくね」

「はい、お義父さん……！」

あとから部屋に入ってきた晃弘の父が蒼恋に優しく微笑む。ずっと「おじさん」だった人を「お義父さん」と呼ぶのは、くすぐったい感じだ。

「ご新郎様とご新婦様のお写真をお撮りしますので、ご親族の方は控室にご移動お願いします」

スタッフの声がかかる。

「じゃあね、蒼恋。緊張したら手のひらに人の文字を書くのよ」

「わかった。ありがとう、お姉ちゃん」

経験者の言うことは素直に聞いておこう、と蒼恋は小さくうなずいた。

「すみません、少しだけふたりにしてもらえますか。すぐに終わるので」

「かしこまりました」

家族が出たあと、ドアのそばにいた介添えに晃弘が申し出た。……どうしたのだろうか。

椅子に座ったままの蒼恋は彼の背中に視線を置いた。ふたりだけの部屋に小鳥のさえずりが響く。

「蒼恋」

晃弘は蒼恋の前でひざまずき、そっと手を取った。

「どうしたの？」

「さっき、ドレス似合ってるよって蒼恋に言おうと思ったんだ。お義父さんに先を越されちゃったけど」

「ほんと？」

握られた手を、握り返してみる。晃弘は応えるように強く握り返してきた。

「ああ。ドレス一緒に選んでやれなくてごめん。本当によく似合ってるよ」

「嬉しい。晃ちゃんはやっぱり、王子様みたいだよ」

蒼恋がそう言うと、目を細めた晃弘は顔をそらした。試着のときにも「王子様みたいだ」と言ってしまったのだが、子どもっぽい発言だったろうか。いやがられたかもしれないと心配した蒼恋の耳に、晃弘のつぶやきが届いた。

「蒼恋が綺麗すぎて……緊張してきた」

「え」

「早くみんなに自慢したいような、誰にも見せたくないような、複雑な気持ちだ」

顔を上げた晃弘に蒼恋は瞳を捉えられる。

「それを言いたくてふたりにさせてもらったんだ。世界一綺麗だよ、蒼恋」

「晃ちゃん……！」

晃弘の言葉が蒼恋の全身に魔法をかける。心も体も幸せのベールに包まれたような心地だ。

顔を赤くした晃弘が、上目遣いに蒼恋を見つめる。彼のこういう表情を見るのは初めてだ。蒼恋の胸が甘酸っぱくときめく。

「今日はよろしくお願いします、蒼恋」

「こちらこそ、お願いします、晃ちゃん」

笑みを交わすと、少し緊張が解けた気がした。

晃弘の手に掴まった蒼恋は、椅子からゆっくりと立ち上がる。ドレス姿で体勢を変えるのは想像以上に大変だ。彼にエスコートされながら、お支度の部屋を出た。


穏やかな陽が高く上る正午すぎ。美しいチャペルで挙式は執り行われた。

パイプオルガンが鳴り響くなか、蒼恋はバージンロードを父と並んで進む。親戚や友人らに見守られ、父から晃弘に手を渡された蒼恋は、彼と目が合った瞬間、こみ上げる感情を抑えきれなくなった。瞳にあっという間に涙が溜まっていく。

誓いの言葉に続いて指輪の交換をし、ふたりは向き合った。

晃弘が蒼恋のベールを持ち上げる。

（私、みんなの前で晃ちゃんの奥さんになるんだ。晃ちゃんと一生添い遂げるために、愛を誓うんだ――）

互いの視線が合わさったあと、蒼恋の両肩に晃弘の両手がのせられる。

蒼恋を見つめる晃弘の表情は、見たこともないくらいに真剣だ。その瞳に熱がこもっているように思うのは蒼恋の願望だろうか。

時が止まったかのごとく彼のことしか見えない。讃美歌も、オルガンの音も聴こえない。ただ、晃弘でいっぱいになった蒼恋は、静かに目を閉じた。

晃弘の微かな息が蒼恋の頬を掠める。両頬に触れた唇の感触が、我慢していた涙をあふれさせた。

幼いころから何度も夢見ていたシーンが、現実のものとなった瞬間。

微笑む晃弘に応えたいのに、蒼恋の胸は幸せに詰まり、涙しか出てこない。どうして彼の前だと、こんなに不器用になってしまうのだろう。

「蒼恋おめでとう！」

「おめでとう、蒼恋！」

挙式後チャペルを出たふたりは、外で待っていたゲストからフラワーシャワーを浴び、たくさんの祝福を受けた。五月らしいさわやかな風とキラキラした陽ざしのなか、ふわりと風に乗った花びらが地面へ零れ落ちていく。

「蒼恋、すっごく綺麗だよ！」

「幸せにね！」

「うん、ありがとう……！」

集合写真の撮影をする前に、愛理たちに取り囲まれる。

挙式が無事に済んでホッとした蒼恋は、彼女たちに笑顔で応えることができた。この前まであれこれ悩んでいたことが馬鹿みたいだ。大好きな人と結婚できて、みんなにお祝いしてもらって――蒼恋はこの上ない幸せをかみしめる。

午後二時になろうというころ、披露宴会場へと移動した。

入場とともに、たくさんのゲストに拍手で迎えられる。蒼恋の高校時代からの友人や、晃弘の会社関係者、学生時代からの友人がたくさん出席してくれた。

会場は壁の南側全面が窓になっており、天気のいい今日は、全て開け放たれている。窓の向こうは緑いっぱいのガーデンだ。お支度の部屋で聞いた小鳥の声が、会場内にも届いた。

テーブルに飾られているのは、季節に合わせてあしらわれた真っ白い花々とグリーン。会場全体の雰囲気もさわやかで明るく、気持ちがいい。

幸せなムードに包まれながら乾杯をして、披露宴が始まった。

テーブルに創作和フレンチのコースが運ばれる。ひな壇にいる蒼恋と晃弘の前にも色とりどりの前菜が並んだ。

「晃ちゃん、これ、すごくおいしそうだね」

「ああ。食べるヒマはなさそうだけどな」

「私、意地でも食べるよ？」

「じゃあ俺も」

ふたりでこそっと話して、クスクスと笑い合う。そんな場面をカメラマンがすかさず撮った。

スピーチは晃弘の会社の社長にお願いをした。社長の温かな言葉に蒼恋の心がほぐされる。晃弘の同僚たちの出し物に笑い、蒼恋の友人らの歌に酔いしれた。ふたりのもとへ次から次へとゲストがきて、挨拶をしたり写真を撮ったり……嬉しい慌ただしさをめいっぱい楽しむ。

そうして、あっという間に披露宴は、最後のイベントへ。

蒼恋から両親への手紙だ。途中からボロボロと泣いてしまい、なかなか読み進められない。蒼恋の両親だけではなく、晃弘の父や会場の人たちまでも泣いているのがわかり、よけいに蒼恋の涙が止まらなくなった。

晃弘がさりげなく渡してくれた白いハンカチで涙を拭い、なんとか手紙を読み終える。

締めの新郎の挨拶は、ゲストへの感謝の気持ちと、ふたりの未来に向けての感動的な言葉だった。

そして、滞りなく披露宴が済んだ。

蒼恋と晃弘は控室でスイーツを口にしている。ゲストに配られたショートケーキや旬のフルーツを新郎新婦用に美しく盛りつけたものだ。披露宴後の疲れを癒やすための特別メニューである。

「おいしい！」

甘い苺のクリームが舌の上で滑り、喉の奥へ落ちていく。口に放りこんださくらんぼは甘酸っぱく、みずみずしかった。ホッとしたせいもあるのだろう。あまりにもおいしくて蒼恋の手が止まらない。

「結局、料理はほとんど食べられなかったもんな。このあとすぐ二次会だけど、蒼恋、疲れてないか？」

敷地内の別の会場で二次会が行われることになっている。披露宴のお色直しをした衣装のままで移動するので、とても楽だ。

「私は平気。晃ちゃんは？」

「俺も疲れてはないよ。ただこのあと……俺はかなり飲まされるだろうな。そういうメンバーがくるんだ」

晃弘が肩をすくめた。

「そうなの？」

「蒼恋には飲ませないようにするから、大丈夫」

「うん」

晃弘こそ大丈夫なのかと心配になる。彼は披露宴で、すでに結構な量を飲んでいたようだ。だが、顔色も口調も普段と全く変わりがない。今も普通にスイーツを食べている。

蒼恋は、晃弘が酔っぱらっているところをほとんど見たことがなかった。彼は相当酒に強いのかもしれない。

あれこれ考えながら、蒼恋はもうひとくち甘いケーキを頬張った。

楽しい二次会も無事に済み、蒼恋と晃弘は会場からタクシーで帰路につく。

代官山の駅から徒歩十分ほどの住宅街にあるメゾネットマンションが、蒼恋と晃弘の新居だ。築年数は経っているが、落ち着いたモダンな造りが美しい。内見をしてひと目で気に入った蒼恋たちは、そこに住むことを即決した。

タクシーを降りると、あたりはすっかり暗闇に包まれ、空にはいくつか星が見える。

二次会後もみんなと話に花を咲かせてしまい、だいぶ時間が経ってしまった。そろそろ九時になる。

「あれ……？」

晃弘がポケットを何度も探っている。

「どうしたの？」

「鍵、どうしたっけ」

「私が持ってるよ。今日はとりあえず晃ちゃんのぶんも一緒に私が持つねって、式の前に言ったでしょ？」

「そうだったか。蒼恋はいい子だな」

にこにこ笑う晃弘が蒼恋の頭を撫でた。「いい子いい子」と何度もくりかえしている。

「いい子って……晃ちゃん、どうしたの？」

「んー……どうもしないよ」

今までずっとしっかりした口調だったので気づかなかったが、彼は相当酔っているのかもしれない。いや、晃弘の予想通り、二次会であれだけ飲まされれば酔わないほうがおかしい。

蒼恋は注意深く晃弘の様子を窺(うかが)いながら、マンションのドアを開ける。

新居に入ると知らない家の匂いがした。今日からここが、ふたりが暮らす家なのだ。

改めてそう思った蒼恋は急にそわそわと落ち着かない気持ちになった。

すぐに生活が始められるように大体の準備はしてある。タオルやシーツなどは洗濯し、食器も洗って棚に入れておいた。明日出発する新婚旅行の準備も済んでいる。

　ふたりは披露宴から持ち帰った荷物を二階の寝室に運んだ。

　寝室の真ん中にシンプルなシングルベッドがふたつ並んでいる。マットレスがぴったりとくっついているため、ダブルベッドのようだ。

　このあと、ここで初夜の本当の意味を知る。そんな想像をしてしまい、蒼恋の体中が熱くなった。

「蒼恋、酔ったのか？　顔が赤いぞ？」

　いつの間にか晃弘に顔を覗きこまれている。

「え！　だ、大丈夫だよ」

　慌てて首を横に振り、蒼恋は顔をそらした。

　晃弘はスーツの上着を脱ぎ、ベッドサイドの椅子に無造作に置く。そしてネクタイを緩め始めた。大人の男性を感じるその仕草に、蒼恋はいちいちドキドキしてしまう。

「蒼恋、先にシャワー浴びといで。俺は、ちょっと横になる」

「晃ちゃん……平気？」

「ああ。大丈夫だよ」

　ベッドに仰向けになった晃弘は、大きく息を吐いた。少し酔いを醒ますのだろう。

　蒼恋は階下へ下りてバスルームに入った。シャワーを浴び、新しいタオルで体を拭く。

寝室に戻る前に鏡で全身をチェックした。

ブライダルエステに通ったおかげで肌はつるつるしている。脱毛も完璧だ。

だが一番のコンプレックスである大きい胸は隠してしまいたいし、ウェストだってもう少し細くなりたい。太ももは……などと言っていたらキリはないが、やはり見られるのは恥ずかしかった。

それに、何をどうするのか予備知識だけはあるものの、未知の世界だ。キスすらまだ経験をしたことのない蒼恋は不安でいっぱいだった。

洗い髪を乾かしながら何度も深呼吸をして、気持ちを落ち着かせる。

大好きな人と結婚できて、こういうことに至るのだから、幸せ以外の何ものでもない。全部の初めてを晃弘にあげることができるのだ。怖いことなんてない。びくびくしていたら、優しい彼は気を使ってやめてしまうかもしれない。それだけはいやだ。覚悟を決めて彼のもとにいこう。

蒼恋は意を決して、タオルを洗濯カゴに放りこんだ。

悩みに悩んで買った、白いレースが可愛い下着。晃弘が気に入ってくれますようにと思いをこめて身につける。

(ウェディングドレスを誉(ほ)めてくれたみたいに、綺麗だって言ってほしい)

パジャマを着た蒼恋は、ゆっくりと階段を上がった。心臓が痛いくらいに大きく鳴っている。

そっと寝室に入ると、ベッドに横たわる晃弘はさっきの格好のままだった。

「晃ちゃん。シャワー、お先に入りました」

「んー……」

目をこすりながら晃弘が頭を上げた。

「蒼恋、おいで」

「う、うん……！」

蒼恋を手招きしている。

静まらない心臓を押さえながら蒼恋はベッドに近づいた。とたんに晃弘に強く腕を引かれ、ベッドに倒れこむように彼のとなりに横たわらされる。

晃弘は両手で蒼恋を優しく包んだ。

「今日は、疲れただろ」

「ううん、大丈夫。すごく楽しかった。晃ちゃんのお友だちや会社の人ともお話しできたし、みんなにお祝いされて幸せだった」

「俺も楽しかった。みんなに……蒼恋のこと、自慢できた……」

蒼恋のしっとりとした髪を、晃弘の大きな手が優しく撫でる。彼の白いシャツに顔を押しつけた蒼恋はその香りを吸いこんだ。何度も胸がきゅんとして、痛い。

シャツ越しに彼の心臓の音が伝わる。

高三のときに晃弘の胸に飛びこんだときよりも近い、彼の音だ。このあともっと、この音に近づく……

晃弘の肌を想像した蒼恋は、ひとりどぎまぎしていた。

「いい……式だったな……うん」

低い声が間近で響く。

「あの、明日から旅行だね」

蒼恋は緊張のあまり、つい関係ないことを口走ってしまった。

「ああ。ゆっくり……寝ろな、蒼恋」

「え……？」

ゆっくり寝ろ？　寝ろというのは眠れということだろうか。

返事を待っても届くのは彼の呼吸だけ。……まさか。

「あ、晃ちゃん」

「んー……蒼恋、可愛い」

自分を包んでいた晃弘の腕に、ぎゅっと抱きしめられた。再び蒼恋の心臓が大きく跳ね上がる。期待して顔を上げると、晃弘は目をつぶって本格的に寝息を立て始めていた。

「晃ちゃん？　ねえ、晃ちゃんってば」

「……」

ゆさゆさと揺らしても晃弘はびくともしない。気持ちよさそうに眠っている。

「あ、晃ちゃんの、バカァ！」

蒼恋は晃弘の胸にげんこつを当てた。

花嫁よりも先に眠ってしまうとはどういうことだ。呆れと情けなさと悲しみで、目に涙があふれる。

――初めての夜がこんなだなんて。

あんなに緊張していたのが馬鹿みたいだ。この夜のために準備したとっておきの下着がかわいそうすぎる。

蒼恋は、ぽろぽろ零れた涙を晃弘のワイシャツに押しつけた。

晃弘は新婚旅行中もきっと、こんなふうに蒼恋を子ども扱いして、どこまでも保護者感覚でいるに違いない。もしかしたら蒼恋がもっと大人になるまで手を出してはくれないのかもしれない。

蒼恋は晃弘にしがみつき、泣きながら眠りについた。

「……蒼恋、蒼恋」

「んー……」

「そろそろ起きよう、蒼恋。飛行機に間に合わなくなる」

蒼恋はまぶしい朝の光と大好きな人の声に包まれた。

「おはよう、蒼恋」

「あ、きちゃん……？」

目をこすってゆっくりとまぶたを上げる。

知らない天井、知らない枕の匂い。真っ白い布団カバー。ここはどこだろう？

そこまで考えて目が覚める。

ここは蒼恋と晃弘が結婚生活を始めるための新居だ。

「晃ちゃん……起きてたの？」

「ああ。俺、とんでもない格好で寝てたからな。シャワーも浴びてきた。まだ眠いか？」

「……ううん」

昨夜、蒼恋は泣きながら眠ってしまったようだ。きっと目が腫れ、顔全体がむくんだ可愛くない顔をしているだろう。そう思うと体を起こす気にならない。

見ると、晃弘は長袖のTシャツにパジャマのズボンを穿いていた。

その表情はすがすがしい。

「蒼恋の旅行用の荷物はまとめてあるんだよな？　顔洗っておいで」

晃弘は当然のように笑顔でそう言った。蒼恋の気持ちになどまるで気づいていない。

朝になってしまった。ふたりの間に何ごともないまま……朝に。

むなしさがこみ上げる。

「私……いけない。旅行、しない」

「どうした？　具合でも悪いのか？」

晃弘が蒼恋の額に手をのせる。その手を払いのけ、布団に潜った。

「なんでいけないのかわからない晃ちゃんなんか、嫌い！　大っ嫌い！」

「えっ」

「どうして保護者の顔をするの！　いつまでも私のこと、子ども扱いしないでっ！」

心臓がドクドク鳴って、頭のてっぺんから爪先まで血が駆け巡っている。お腹の奥底に溜まっていたものが一気に言葉となって零れた。

彼を困らせたいわけではないのに気持ちが抑えられない。悔しくて、でもそれをどう伝えていいのかわからなかった。子ども扱いをやめてと言いながら、子どもじみた行動を取っている。

そんな自分に嫌悪した蒼恋は、目を固く閉じて体を丸めた。晃弘はきっと呆れているだろう。

（でもこのままじゃ、本当の意味で晃ちゃんの奥さんになったなんて言えないもの……！）

「……わかった」

晃弘がつぶやく。何がわかったというのか。蒼恋は返事もせずに、じっと固まっていた。

「本当にいいんだな？　蒼恋」

「あ！」

かけ布団をがばっと剥がされる。

「蒼恋」

丸くなっている蒼恋に覆いかぶさった晃弘は、剥がしたばかりのかけ布団をふたりの頭の上にかけた。

薄明るい布団のなかで、晃弘の顔が目の前にある。彼は怒ったような表情でこちらを見ていた。もしやまさか、今「する」というのだろうか。

「あ、あの、やっぱり」

「子ども扱いするなって言ったのは蒼恋だろ」

両肩を押さえられ、蒼恋の首もとに知らない感触が伝わった。

「えっ、あ……？」

蒼恋は自分が何をされているのかわからなかった。

洗ったばかりの晃弘の髪の香りに眩暈が起きる。だが、それ以上に、首もとにかかる晃弘の息と、柔らかく温かな感触に意識がいく。

「……蒼恋」

「あ」

晃弘の唇が押しつけられるたびに背中がぞくぞくと粟立つ。いやなのではない、甘く痺れる感じだ。

「ダメ、……あ」

自分の意思とは関係なく、勝手に声が漏れてしまう。

「一緒に旅行へいくって言わないとやめないよ」

晃弘が蒼恋の脚の間に自分の体を押し入れてきた。パジャマのズボンを穿いているとはいえ、脚が大きくひらいてしまって恥ずかしい。閉じようとすると、今度は耳に刺激を受けた。

「あ、晃ちゃん……や、んっ」

ちゅっという音が間近でする。耳にキスされているのだ。

「俺は蒼恋と一緒に旅行がしたいんだ。蒼恋と一緒に見たいものがたくさんあるし、あっちで渡したいものも、伝えたいこともいっぱいある」

晃弘の声と吐息にクラクラして、冷静に彼の言葉を理解できない。

「……伝え、たいこと？」

「今まで言わなかったことを、たくさん言いたいし、したい」

「し、したいって、あ！　ひゃっ」

首筋から下、多分鎖骨のあたりだろう。そこに彼のキスが移動した。蒼恋の体がびくんと揺れる。これ以上されたらどうなるかわからない……！

「い、いきますっ！　晃ちゃんと一緒にいくから！　飛行機の時間に間に合わなくなっちゃう！」

焦った蒼恋は声を上げた。晃弘はそこでようやく体を離し、ベッドを下りた。そして床に膝をつき、頭を下げる。

「晃ちゃん？」

「蒼恋。昨夜、先に寝たことは謝る。本当にごめん」

「……うん」

「最初に言っておけばよかったな」

「何を？」

「酒臭いオッサンに迫られるのなんかいやだろうと思って、結婚式の日は何もしないって決めてたんだ」

「え？」

「いや、あそこまで飲まされなかったら、わからなかったけど……でもせっかくなら新婚旅行先で、ちゃんとしたほうがいいだろうと思って」

ベッドに横たわる蒼恋の顔を、叱られた子どものような上目遣いで晃弘が見ている。

「晃ちゃんはオッサンなんかじゃないよ」

蒼恋は苦笑した。

「蒼恋の年頃から見たら十分オッサンだって」

「晃ちゃん」

「ん？」

「向こうでしたいことって……何？」

「……今の続きだよ」

「本当に？　晃ちゃん自分のこと、私の保護者だと思ってない……？」

「思ってたら結婚なんてするわけないだろ。蒼恋こそ、俺のこと保護者だなんて思ってないよな？」

差し出された晃弘の手に両頰を包まれた。射抜くような彼の瞳に囚（とら）われる。

「思って、ないよ」

「今度は拒まれてもやめられない。いいんだよな？」

それは、見守るだけの優しい視線ではなかった。蒼恋の知らない、蒼恋を求める男の……瞳の色だ。自分もこんな瞳で晃弘を見つめているのだろうか。

心からの気持ちを伝える。晃弘に抱かれたい。彼の妻として、心も体も愛されたいと思うから。

「やめないで」

「俺と一緒に旅行してくれるか？」

「はい」

「ありがとう、蒼恋」

安心したように息を吐いた晃弘は、蒼恋の背中に手を回し抱き起こすと、そのままお姫様抱っこした。

「きゃ！」

「洗面所にいくか？　リビングか？　どこにいきたい？　連れていく」

「じ、自分でいけるよ。……重いでしょ？」

「軽くて心配なくらいだ。旅行でたくさん食べろよ？」

「うん。甘いものいっぱい食べちゃう」

晃弘が笑いながら蒼恋の頬にキスをする。蒼恋もお返しに晃弘の頬へキスをした。

すっと胸のつかえと不安がなくなる。

晃弘の考えていたことと、蒼恋が期待していたこと。ズレはあったが、自分の思いをないがしろにされていたわけではない。

「蒼恋、飛行機で眠っておけよ？」

「時差がほとんどないのに？」

「夜のためにだよ。俺、今夜は絶対に寝ないし、蒼恋を寝かせる気もないから」

「晃ちゃん……！」

蒼恋を抱き上げる腕は力強い。蒼恋は晃弘の首に両手でぎゅっとしがみついた。

約束ね、と、彼の耳に囁(ささや)きながら。


ふと目が覚めて前を見る。あと三十分でバリのデンパサール空港に到着するとモニターに表示されていた。

機内食を食べたあと本格的に眠ってしまったらしい。披露宴の疲れが残っていたのだろう。

飛行機から見る窓の外は白い雲がぽんぽんと浮かび、眼下にはエメラルドグリーンが混じる青い海が広がっている。日はだいぶ傾いているようだ。定刻通り、夕方すぎには到着しそうである。

蒼恋の右手は、となりで眠っている晃弘の手に握られていた。

今朝、思いを吐き出したことで蒼恋の気持ちは落ち着いている。だが逆に、晃弘は蒼恋の不安を知って後悔したみたいだ。

移動中、片手が空くと蒼恋の手を取り、しっかりと握った。離れそうになるとまた強く握って……こんなふうに眠るときまで指を絡めている。

いざ晃弘から積極的にされると、蒼恋はどうしてよいかわからなかった。ただ顔をほてらせたり、うつむいたりして、「うん」としか返事ができなくなる。気持ちはずっと浮ついていて、体は羽が生えたように軽い。自分が自分ではないようだ。

ふわふわとした気分で、空港へ降り立つ。瞬間、熱帯特有の湿気が体にまとわりついた。鼻孔をくすぐる花の香りが、異国へきたのだと教えてくれる。その独特の雰囲気に蒼恋の気持ちはさらに高揚（こうよう）した。

空港からはホテルの送迎車で移動する。

「蒼恋が高一のとき、家族でヨーロッパにいってたよな」

「うん。私、晃ちゃんにお土産（みやげ）あげたんだよ」

「キーホルダーだろ？　今も使ってるよ、ほら」

手荷物のバッグに手を入れた晃弘が、それを取り出す。蒼恋がパリで購入したエッフェル塔型のキーホルダーに鍵がついていた。ところどころ傷がつき、薄汚れているのはずっと使っていた証拠だ。

「本当だ……嬉しい」

晃弘が大事に使ってくれていたことに驚く。

鍵をしまった晃弘は再び蒼恋の手を握った。車のなかでも手をつなぐというのは、恋人や夫婦にとって当たり前の行動なのだろうか。全て「初めて」のことばかりで、蒼恋は胸の高鳴りを抑えられなかった。

「私、バリにきたのは初めてなの」

「俺もバリは初めてだな。そもそも海外は久しぶりだ」

「そうなの？」

「三、四年前に会社の先輩がハワイの支店を任されることになったとき、視察を兼ねて何人かでついていったんだ。楽しかったけど仕事に穴をあけることになったから、もうあんなことはないだろうね」

「そうなんだ」

知らない晃弘の話を聞くのは不思議な感じがする。

蒼恋が中学に入学したとき、晃弘はすでに社会人だった。今の蒼恋と同じ年だ。たとえば今、蒼恋が中学生の男子に告白をされたとしたら……気持ちは嬉しいが相手にはできない。つまりそういうことなのだ。あのころの晃弘が蒼恋の気持ちに戸惑ったのも無理はない。

車は街を抜け、夕暮れをすぎた薄暗い田園風景のなかを走る。

蒼恋が提案した新婚旅行先のリクエストは南の国でのんびりすごすこと。それ以外は全て晃弘に任せていた。彼は普段、長い休みが取れないので、この旅行でゆったりすごしてほしいと思ったのだ。

旅の行程や宿泊先の大まかな情報は旅行会社が用意してくれた資料でわかっていたが、蒼恋はあえてネットなどで詳しく調べないようにしていた。晃弘がどんな場所を選んだのか、着いてからのお楽しみにしている。

送迎車に揺られ、三十分ほどでヌサドゥアというエリアに到着した。エリアはゲートで仕切られた区域になり、海外からの旅行者が泊まるホテルが多く建つ場所だ。

さらに五分ほど進むと宿泊先のリゾートホテルに着いた。門から真っ白な幅広の階段が続き、その横を水が流れている。夜の始まりのなか、点々と置かれたライトが水と通路を柔らかく照らし出していた。

晃弘の説明によると、ここはリニューアルされたばかりなのだという。真新しく見えるのに落ち着いた雰囲気なのはそのせいだろう。

日本語を話せるスタッフが蒼恋たちを部屋へ案内してくれた。どこまでも続く細長い通路を進んだ突き当たりに、巨大な木の扉が現れる。扉の向こうが蒼恋たちの泊まるヴィラの屋外エントランスだ。

ホテルの客室は全て、ヴィラという「離れ」になっているらしい。ひとつひとつのヴィラが距離を持って独立しているため、客室周りでは他の客と会わない仕組みだ。

エントランスから石造りの小道が続いている。両脇に水が張られ、控えめなライトアップによってきらきらと輝いていた。小道の右側はヴィラをぐるりと囲む壁。左側はガラス張りの建物だが、薄暗いせいで室内がよく見えない。と、通路の先にそれとは別の建物が見えた。

「あ、すごい……！」

視界がひらけ、蒼恋は息を呑んだ。

大きなベッドが置かれたバレがある。バレとは建物を意味する言葉で、ここのバレは四本の太い支柱が角に建ち、壁のない屋根だけがついた、うたたねをするための場所になっていた。ベッド周りに設置された間接照明が、バレ全体を温かな色の空間にしている。そこは広い芝生の庭とつながっていた。

続いて、ガラス張りの建物を振り向くと、美しい室内が浮かびあがった。ホテルマンが明かりをつけたのだ。

早速、建物のなかに案内された蒼恋は歓声を上げる。

「綺麗！　すごく素敵！」

「本当だな」

晃弘も蒼恋と一緒に声を上げ、天井を見た。

室内を仕切るもの以外は、ほぼガラスの壁でできている。天井はバリの伝統的な茅葺(かやぶき)

屋根だ。高さがあり、室内が広く見える。天井の真ん中では、シーリングファンがゆったりと回っていた。

明るい色みのシンプルな木製家具は真っ白いリネンと相性がよく、清潔な印象だ。部屋のあちらこちらで揺らめく間接照明が目に心地いい。ベッドの正面、ガラスの壁の向こうには、プールと芝生の庭、先ほどのバレが見えた。

「ベッドにお花が……！　可愛い！」

キングサイズのベッドカバーの上に、赤とピンク色の花びらでハートの形が作られている。ベッド周りの床にも花びらが飾られていた。

ロマンティックな演出に、蒼恋の気持ちがこれ以上ないほど昂る。

簡単な説明をしたホテルマンは「いつでもお呼びください」とにこやかに頭を下げ、部屋を出た。

「ここなら、誰にも邪魔されないで蒼恋とすごせそうだと思ったんだ。旅行会社とネットの評判もよかったし、日本語も使えて便利だろうって」

忙しく部屋を見まわす蒼恋に、晃弘が優しく声をかける。

「気に入ってくれた？」

「うん……うん！　すごく素敵。気に入りすぎてずっと興奮してるくらい！　あっちも見てきていい？」

「いっておいで。俺、ちょっと荷物のチェックしたいから」

　クスッと笑った晃弘がスーツケースを手にした。蒼恋は晃弘に悪いと思いながらも、いそいそと部屋の奥を覗きにいく。

　そこは部屋と同じくらいの広さがあるバスルームだった。

「こっちも素敵！　大きな洗面台がふたつもある！」

「あんまり興奮して転ぶなよ、蒼恋」

「はーい」

　ベッドルームから届く晃弘の声も楽しげだ。

　洗面台の前に大きな鏡が設置されている。鏡にはお風呂が映っていた。

「……綺麗」

　振り向き、猫足のバスタブに近づく。すでにお湯の張ってあるバスタブに南国らしい花が、たくさん浮かんでいた。ベッドルームよりも照明が暗いせいか、花々が一層色鮮やかに見える。

　バスタブの横はガラス張りのシャワールームだ。

「はぁ……」

　どこもかしこも美しすぎて、ため息しか出ない。

　加えて、ヴィラと広い庭全体は、大人の背丈よりも高い壁でぐるりと囲われているので、ガラス張りでも外から見られる心配はなさそうだ。

バスルームから芝生の庭に出られることを発見した蒼恋は、外に出てみた。プールに近づいてまたも驚く。

「ねえ晃ちゃん、このプールすごく広いよ！　あ……」

振り向くと、いつの間にかすぐ近くに晃弘がいた。

「ご、ごめんね。はしゃいじゃって」

子どもっぽいと思われただろうか。

「いや、蒼恋が喜んでくれたなら、俺も嬉しいよ」

「晃ちゃん、ありがとう。こんなに素敵なところを選んでくれて。私、本当に嬉しい」

うん、とうなずいた晃弘は、ただ蒼恋を見つめて微笑んでいる。

「晃ちゃん？」

「蒼恋、左手出してみて」

「左手？」

「そう」

差し出した手を取られた。蒼恋の薬指に、晃弘がそっと指輪をはめる。

「あ……」

「ぴったりだ」

結婚指輪に重ねづけられた指輪には、一粒のダイヤが輝いていた。

「どう、したの？　これ……」

「時間がなくて先に結婚指輪を作ったけど、やっぱり……どうしても蒼恋に婚約指輪を渡したくてさ。内緒であとから作ったんだ」

予想だにしない驚きに襲われて、蒼恋は声も出せなかった。きらめく指輪をただ呆然と見つめる。

「指輪、受け取ってほしい」

晃弘の言葉に、こくんとうなずくのが精いっぱいだった。

晃弘が旅行中に渡したいものがあると言っていたのは、この指輪のことだったのか……

「蒼恋、俺と結婚してくれてありがとう」

蒼恋の手を取りしゃがんだ晃弘は、片膝(ひざ)をついた。

「やだ、何を急に……」

晃弘に見上げられ、蒼恋の目に涙がこみ上げる。

「それから、俺のことをずっと長い間……本当に長い間、思っていてくれて、ありがとう」

「晃ちゃん、ん」

「蒼恋。長くなるけど、俺の気持ちを聞いてほしい」

「晃ちゃんの、気持ち？」

ああ、とうなずいた晃弘は、蒼恋の手を強く握った。

「俺が蒼恋の気持ちを受け入れないようにしていたのは、成長した蒼恋がそのうち俺ではないどこかにいる別の男を好きになると思っていたからだ。同級生、バイトで知り合った男、道で偶然出会った男、誰かはわからないが……とにかく俺ではない。それは変えようがない未来で、蒼恋の俺に対する気持ちが続くことはない――いつもそう思っていた」

蒼恋の手を握る力がさらに強くなる。

「いつか必ず蒼恋の気持ちは俺から離れる。想像すると寂しくてやりきれなかったよ。この寂しさはなんなんだろうと思っていた。妹がいたら、こんな感じに違いないと自分に言い聞かせていたんだ。それが別の何かだなんて全く気がつかなかった」

晃弘は目を伏せ、苦笑した。

蒼恋はこの困ったような晃弘の表情を、前に何度も見ていた。

「蒼恋が高三のバレンタインで、俺に気持ちをぶつけてくれたとき、この思いが幼なじみや妹に対するものではない、ひとりの女性への思いなんだって、ようやく理解できたんだ。正直慌てたよ。慌てて……名古屋にいく決心がついた」

「本当は決まってなかったの？」

「ああ。名古屋の話はもらっていたが、返事はしていなかった。だけど、今すぐ蒼恋と離れて、俺のこの気持ちが本気なのかどうかを確かめないといけないと思ったんだ。そして四年の間、俺の気持ちが変わることはなかったよ。むしろ、実家に帰るたびに綺麗になっていく蒼恋に思いが募っていった。本当は毎日でも……蒼恋に会いたかった」

こらえていた涙が、蒼恋の頬を伝う。

晃弘は再び顔を上げ、蒼恋と視線を合わせた。

「俺の気持ちを伝えるのは蒼恋が大学を卒業するころにしようと決めていた。けど実は俺、一昨年の正月、蒼恋に彼氏ができそうだって友里恵から聞いたときは、すごく嫉妬したんだよ」

「え……」

「名古屋に転勤したことを後悔したし、邪魔してやろうかとも思った。……しなかったけどさ」

晃弘は苦しそうに息を吐いた。

蒼恋は当時を思い出してみる。

大学時代、蒼恋は何人かの男性に告白されたことがある。晃弘を諦めるためにつき合おうと思ったこともあったが、できなかった。蒼恋もまた、実家に帰ってきた晃弘と顔を合わせるたびに、恋心が膨れ上がっていたからだ。

それでも誰かとつき合ってみたほうがいいかもしれないと、姉の友里恵に相談したことがある。それが晃弘に筒抜けだったとは。

「だから、この正月は友里恵に前もって連絡をした。俺の気持ちを話し、蒼恋が今どういう状況なのかを教えてもらった。無理強いだけはしたくなかったんだ。友里恵から、蒼恋がずっと俺を思ってひとりでいたと聞いて、すぐにでも結婚したい気持ちが抑えられなくなった。蒼恋と結婚して、そばに置いて、俺だけのものにして……一生大切にしたいと思ったんだ」

情熱的な告白と視線が蒼恋の思考を奪う。

「俺は蒼恋と本気で結婚したかった。だが蒼恋は突然プロポーズをされて、考えるヒマを与えられなかっただろ？　それを考えれば、この先いつ蒼恋の気持ちが変わってもしかたがないという心づもりだけはしていた」

どういうこと？　と、蒼恋は目で訴える。

「蒼恋はまだ若い。結婚が現実に迫ったら逃げ出したくなるかもしれない。考え直したくなるかもしれない。結婚に縛られずに、まだ自由でいたいと思うかもしれない。だから俺は蒼恋に対して無責任に手を出せなかった。本当に蒼恋の相手が俺なんかでいいのか、って」

「そんなこと――！」

　わかってるよ、と言うように晃弘は優しくうなずいた。

「蒼恋に約束してほしいんだ」

「約束？」

「蒼恋は、これからいくらでもやりたいことをやれる。二十代は一番自由に好きなことをできる時期だ。だから俺と結婚していてもそれだけに囚（とら）われず、仕事でも趣味でも、やりたいことがあったら挑戦してほしい。蒼恋の気持ちを尊重したいし、応援もしたいんだ」

　部屋から漏れる明かりに反射したダイヤがきらりと光る。それは、晃弘の心と共鳴しているかのように見えた。

「蒼恋が俺たちの結婚生活に専念して、家のことをやりたいなら、もちろんそれでいい。俺は蒼恋の行動を制限したくないんだ。とにかく、蒼恋がやりたいようにやってくれるのが、一番嬉しいし……幸せなんだ」

　晃弘から大切な気持ちをたくさん受け取ることができた。誤解や不安の代わりに幸せで満たされていく今の蒼恋はきっと、昨日とはまるで違う顔をしているだろう。

「長くなってごめん。俺の言いたいこと、わかってもらえた？」

「うん、うん……。私……嬉しい」

晃弘が立ち上がり、蒼恋の涙を指で拭う。

「晃ちゃんが、そこまで考えてくれてたなんて……私、全然……気づかなかった」

彼の行動も気持ちも理解できなくて、勝手に傷ついて、落ちこんでいた。

「蒼恋の気持ちに気づかなかったのは俺のほうだよ。俺って鈍いだろ？　だから今朝みたいに、いつでも蒼恋の気持ちを伝えてほしい。俺も伝えるから」

「うん、うん……っ！」

肩を揺らして泣いていると、晃弘に抱きしめられた。壊れものを扱うように、優しく、そっと。

「今さらだけど改めて言う。蒼恋、俺の妻としてずっとそばにいてほしい」

「何、言ってるの……。本当に、今さらだよ、晃ちゃん！」

蒼恋は泣きながら晃弘の胸にしがみついた。

甘い香りをのせた夜の涼しい風が、ふたりを包む。

「私の夢は、ずっと、晃ちゃんのお嫁さんに、なることだったんだ、から」

気持ちがいっぱいいっぱいで、うまくしゃべれない。

「プロポーズされて、すごく嬉しかった。一度だって結婚、やめたいなんて、思わなかった」

「ありがとう」

蒼恋の気持ちに応(こた)えるように、晃弘の手が蒼恋の体を強く抱きしめる。

「やりたいことが見つかっても、絶対に、晃ちゃんから離れたり、しない……！」

「蒼恋」

「ずっとしがみついて、晃ちゃんから離れないから」

「俺も離さないよ、蒼恋。絶対に離さない……！」

晃弘の指が蒼恋の顔を上げる。彼は目を細め、顔を近づけてきた。

「蒼恋、好きだ」

蒼恋の胸がきゅんと痛くなる。幼いころから今まで、一体何度この痛みを経験しただろう。

まつ毛が触れ合ってしまいそうなほどの距離になり、蒼恋は目を閉じる。重ねられた彼の唇の感触が柔らかく伝わった。

小鳥のようなキスはすぐに離れてしまったが、息がかかるほど近くで、晃弘が再び愛の言葉を紡(つむ)いでくれる。

「大好きだ。一生大切にする。蒼恋を幸せにする」

「私も晃ちゃんが大好き。一生一緒にいたい」

あふれる思いとともに、また幸せの涙が零(こぼ)れた。

「ずっと、好きなの。ずっとずっと……大好き」

「蒼恋……！」

「ん……んっ」

今度は強く唇を重ねられる。

ひらいた口から入ってきたそれが晃弘の舌だと気づいたときにはもう、蒼恋の舌は捕らえられていた。生温かい舌が絡み、舐め回される。恥ずかしさと気持ちよさで、蒼恋の頭の中が沸騰したようにクラクラした。同時に、晃弘の手のひらがワンピースの上をゆっくりとなぞる。

「んっ、ふ……んぅ」

体中が、熱い。

今朝、ベッドの上で晃弘にされたことを思い出す。首筋のキスよりも、こちらのほうがずっと気持ちいいけれど、呼吸が乱れて苦しく、立っているのがやっとだ。

唇が解放された瞬間、蒼恋の体がふわりと宙に浮く。

「あっ」

またお姫様抱っこをされた。履いていた靴が脱げて、床にぽとりと落ちる。

「ベッドにいこう、蒼恋」

「……うん」

「無理はさせないから」

蒼恋を抱いて歩き出した晃弘は、落ちた靴にかまわず、花の飾られたベッドへ向かった。

（いよいよ、晃ちゃんの本当のお嫁さんになるんだ……）

晃弘の腕のなかで、蒼恋は固く目を閉じた。

大切なものを置くように、晃弘は蒼恋をベッドへ下ろす。そしてとなりへ座り、縮こまる蒼恋の肩を優しく抱いた。

「蒼恋、もしかして……」

「え？」

「キス、初めてだったのか？」

「……うん。晃ちゃん以外の人となんて考えられなかったから、私、誰ともつき合ったことがないし、誰とも何も……してないよ。ほっぺのキスだって、晃ちゃんがチャペルでしてくれたのが初めて」

そんなことを聞かれるとは思わなかった蒼恋は、戸惑（とまど）いながら答えた。

「……」

晃弘が沈黙する。とたんに蒼恋の胸に不安がよぎった。キスすらしたことがないなどと言われ、困惑しているのだろうか。

「やっぱり少しは、経験してるほうがよかった？」

　突然、晃弘がぎゅうっと強く抱きしめてくる。息が止まるほどの強さだ。

「ひゃっ！」

「蒼恋！」

「あ、晃ちゃ、苦し、どうしたの……？」

　腕の力を緩めた晃弘は大きく深呼吸をしてから、蒼恋の顔を見つめた。

「俺でいいのか、なんてことはもう聞かない。蒼恋の全部を俺がもらう。全部俺が教える。蒼恋の全部を受け取って、一生大切にする」

「うん、もらって。お願い……！」

　返事が終わるか終わらないかのうちにキスで唇をふさがれた。激しく舌を絡ませてくる晃弘に、今度は蒼恋も自分から絡ませてみる。ワンピースのファスナーがゆっくりと下ろされた。

「蒼恋の髪、綺麗だ」

　唇を離した晃弘が低い声で言う。

「あ……ありがとう」

　ファスナーの腰のあたりで、彼の手が止まった。

　少しの緊張のあとに訪れた開放感とともに、肩からするりとワンピースが落ちる。とたんに上半身がすうすうして、慌てて蒼恋は両手でブラを隠した。間接照明で薄暗くはあるが、下着姿を見られるのは恥ずかしい。

「あっ」

そんな蒼恋の剥き出しになった肩に晃弘がキスを落とした。晃弘は蒼恋の長い髪に触れながら、背中にも唇を押しつけていく。

触れられた場所は温かい、というよりも熱かった。肌に晃弘の体温が刻まれていくようだ。

「肌も綺麗だ。もっと見せて」

「え、あ」

ブラのホックが外された。真後ろに座った晃弘が、胸を隠している蒼恋の両手首を掴む。

「蒼恋、手、どかしてごらん」

「み、見えちゃうよ」

「見たいんだよ。蒼恋の全部を」

「あっ……や」

ぐいと両手を引っ張られ、丸出しになった胸がふるりと揺れた。

「ずいぶん着痩せするんだな、蒼恋」

晃弘がため息交じりに耳もとで囁く。両方の胸を下から包むようにして触れてくる。

びくんと蒼恋の体が震えた。

「は、……う」

「俺の手に収まりきらないよ、ほら」

後ろから両胸を揺らされ、蒼恋は体をくねらせる。するともう一度「ほら」と弄ばれた。

「あんまり、言わないで。コ、コンプレックス、だから」

「どうして？　こんなに大きくて綺麗なのに」

「からかわれたの、中学の水泳の授業で、男子に」

「……そうか。それはいやだったな」

晃弘は蒼恋を労わるように頬から耳へとキスをしていく。その声も、触れる指先も、晃弘の全部が蒼恋に優しい。

「あのくらいの年頃の男ってさ、女の子に比べて圧倒的にガキなんだよ。俺もそうだったけど、蒼恋みたいな可愛い子に近寄りたいのにできなくて、そういうこと言っちゃうんだよな」

「そういう、もの？」

「大概そうだから、気にしなくていい」

「晃ちゃん、は？　私の、これ」

「綺麗で大きくて……すごく興奮するよ」

熱い息が蒼恋の肩に落ちる。長くて綺麗な指が胸の先端を優しく撫でた。

「あっ」

敏感になった先端から、電流のようなものが背中まで走る。

「感じる？」

「う……ん、んっ」

彼の低く甘い声にも、いちいち反応してしまう。

晃弘の指に刺激を受け続け、そこが硬く、つんと上向きになった。触れるか触れないかのぎりぎりのところで何度もくるりと撫でられる。弱い刺激がかえってむずむずしてしまい、蒼恋はもっと強く触ってほしくなった。

いつの間にか息が小刻みになっている。

そっと押し倒されると、軋んだベッドから甘い花の香りが立ち昇った。

晃弘が自分のシャツのボタンを外し、そして脱ぐ。さらに、腰まで下ろしていた蒼恋のワンピースも脱がせた。

初めて目にする晃弘の上半身は鍛えられ、硬く締まっていた。蒼恋はなぜか恥ずかしくなり、ごまかすように自分の足もとを指さす。

「晃ちゃん、あの」

ハートの形に飾られた花が崩れていた。そちらへ顔を向けた晃弘が、クスッと笑う。

「お花が……」

「ん？」

「壊れちゃうな」

蒼恋に覆いかぶさり、耳たぶを甘噛みした。

「ん……うん。なんか、もったいないなっ、て」

「明日もスタッフに作ってもらえばいい。頼んであげるよ」

「うん、……んっ」

唇が重なり再び舌が絡み合う。柔らかく、温かい。キスがこんなにも甘いものだと蒼恋は今夜、初めて知った。

「蒼恋、俺だけを見てて」

熱い手が蒼恋の胸を揉み、もう片方の手で体をまさぐる。

「あ、晃ちゃ……」

「他のこと考えちゃダメだよ。俺のことだけ。わかった？」

「は、い」

「いい子だ」

肌にキスされるたびに、体がびくびくと揺れてしまう。どこもかしこも晃弘の唇を受けたがっているのか、自分でも驚くほど過敏なのだ。

ぴったりと重なる湿った肌が温かい。

互いの温度を分け合うというのはきっと、こういうことだろう。

「んっ」

ぬるりとした感触が左胸の先端を襲った。顔を上げると、晃弘が蒼恋の乳首を口に含んでいる。

「あ、んっ、んっ」

ぺろりと舐めたり、ちゅっと吸ったり……いやらしいことをされているのに、恥ずかしさよりも体がどんどん感じてしまう。

「我慢しないで、声出してごらん」

晃弘が優しく命令する。

「で、でも恥ずかし、いっ」

蒼恋の胸を両手で寄せた晃弘は、その間に顔を埋めた。

「もっと聞きたいんだよ、蒼恋の可愛い声」

「あ、……んっ」

「俺だけに聞かせて、蒼恋」

柔らかな胸に頬ずりされ、その肌にたくさんキスをされて、もうどうしたらいいのかわからない……

「あ、あ……」

「もっとだよ、蒼恋」

晃弘の指が蒼恋の下腹を這い、ショーツまで到達した。どくんと心臓が音を立てて反応する。思わず脚をぎゅっと閉じた。

「大丈夫、怖くないよ」

優しい声とともに、耳たぶを舐められた。

「あ、やぁ」

ショーツのなかに晃弘の指がゆっくりと侵入する。戸惑っているうちに、直に狭間を撫でられた。

「あ、いっ」

思わず声を出してしまうと、晃弘が手を止めてくれた。

「痛いか？」

「う、ううん。そんな、気がしただけ」

全然痛くはなかったのに、ここも敏感すぎるのだ。

何度も撫でられているうちに、いつの間にか晃弘の指がナカに入っていた。くちゅくちゅという音が聞こえる。ということは、彼の耳にもこの音が——気づいたとたん、シーツのなかへ隠れてしまいたいくらいの羞恥（しゅうち）に襲われた。

「んっ、ふ……あ、んっんう」

目をつぶって晃弘の指使いに集中していると、また唇をふさがれる。あちこち弄（いじ）られ、舐（な）められ、吸われて――この快感からどうやっても逃げられそうにない。

蒼恋の耳に、衣擦（きぬず）れの音が聞こえた。晃弘が下を脱いでいるのだろう。

（やだ。私、シャワーを浴びていない。晃ちゃんは家を出る前に浴びていたけれど、私は昨夜浴びたきりだ……今、言ったほうがいいのかな、でも雰囲気を壊したくはないし、どうしよう）

頭のなかであれこれ考える。そのとき、太ももにさらりとした感触を覚えた。

「ひゃっ！」

ちゅっと音がして、脚の間から電気が走る。思わず反射的に閉じていたまぶたを開けた。

「な、何……？」

手を下ろした蒼恋の目に入ったのは、ショーツを剥（は）ぎ取られた場所に顔を埋（うず）めている晃弘の姿だ。さらりとした感触の正体は晃弘の髪だったのである。

「あ、晃ちゃんダメ！　見ないで！」

「なんで？」

「シャワー浴びてないから、いや。それに恥ずかしいよ、そんなところ」

「大丈夫だよ」

「大丈夫って、あっ！　ダメェ……！」

太ももを掴まれ、脚を大きく広げられた。晃弘にそこをべろりと舐められて、蒼恋の腰が跳ね上がる。

見られるだけでも死ぬほど恥ずかしいのに、舐めるだなんて絶対にダメだ。だが抵抗したい気持ちとは裏腹に、蒼恋の体はその行為を悦んでいる。

「あっ、やっ、あんっ」

じゅうじゅうと晃弘がそこを吸う音が部屋に響く。彼の頭を押さえて離そうと試みても、大きな手で腰を掴まれているため動かせない。

腰を左右に振って抵抗すると、狭間の上にある一番敏感な部分を、ぢゅっと吸われた。

「ひゃ、うっ！」

彼の舌で粒をころころと転がされ、一気に快感に引きずりこまれる。

「ダメッて、いっ、あ、ぁあ……んんーっ！」

吸われたそこから奥が痙攣し、あっという間に達してしまった。ぴんと伸ばした足先が小刻みに震える。

（晃ちゃんの、目の前で……イッちゃっ、た……）

大好きな人の前でさらした自分の姿が恥ずかしすぎて、泣きそうだ。

「蒼恋」

「は……っぁ、だ」

「だ？」

「ダメ、って言ったのに、晃ちゃんの、バカァ……！」

情けない声を出した蒼恋は、体をひくつかせながら涙目で訴える。

「ごめん、蒼恋が可愛くて止まらなかった」

体を起こした晃弘は、優しく蒼恋の頬を撫でた。なぜかとても嬉しそうにしている。

こんなことを思うのはいけないかもしれないが、「しまりのない表情」だ。

（プロポーズをされたときの私も、こんな顔してたのかも……）

ぼんやり考えながら晃弘を見つめる。

「気持ちよかった？」

「よ、よかった、けど」

まだ息が整わない。

「恥ずかしい？」

「んっ、うん。私ばっかり、やだ」

「そんなことないよ」

晃弘は蒼恋の頬と額、唇に何度もキスをした。

「ほら、俺もこんなだから」

手を取られて、そこへ導かれる。硬くて熱いものに触れた。これが晃弘の……だろうか。

「あ、晃ちゃん」

思わず顔をそちらへ向けてしまい、それが目に入る。

（あんなに大きなモノが自分のなかに？　だ、大丈夫なの……？）

驚いたせいか、彼に触れている手に力が加わってしまった。

「あ……っ」

晃弘は眉根を寄せ、何かに耐えるような顔をする。けれど、すぐにふう、と長く息を吐き、無理に笑顔を作ってみせた。

「あ、晃ちゃんごめんね、痛かった？」

「いや、違う。すごくよかったんだよ。だからもっと触って、蒼恋」

引っこめようとした手を上から押さえられる。晃弘のモノがしっかりと蒼恋の手のひら全部に触れた。

「な？　蒼恋がほしくて、こんなになってるんだ。蒼恋だけじゃない、俺もなんだよ」

「晃ちゃんも、感じてるの？」

「感じてるし、興奮しまくってる。今すぐにでも蒼恋のナカに挿れたい。いやがっても、無理って言われても、強引に押し入りたい。っていうのが男としての本音」

蒼恋の背中がぞくりとした。自分を狙う熱い視線に囚われる。いやなのではなく、晃弘にならそういうふうにされてもいい、と思ってしまったのだ。

「でも安心して。絶対に無理やりなことなんてしない。ゆっくり進もう。時間はたっぷりあるんだ」

晃弘は起き上がり、蒼恋の体も抱き起こした。

「一緒にお風呂に入ろうか。バスタブにお湯が張ってあったよな」

「一緒に？」

「蒼恋と一緒に入りたいんだ。いや？」

晃弘が子どものような表情で、蒼恋の顔を見つめる。そんなふうに甘えられると、恥ずかしくても断れない。

「いやじゃない、よ」

「じゃあいこう」

ベッドヘッドに置いてあったタオルを腰に巻いた晃弘は、蒼恋にもタオルを一枚渡した。

ガラス張りのシャワールームへ一緒に入る。

温かいお湯を浴びたあと、晃弘がボディーソープを手のひらに広げた。たちまちシャワールーム内が濃厚な甘い香りで満たされる。

「いい香りね」

「何かの花の香りだな」

そのボディーソープを使い、晃弘はいきなり蒼恋の肌を撫で始めた。

「あっ、晃ちゃん。私、自分で——」

「洗いっこしよう」

「え、きゃっ！」

そして、タオルを剥がされてしまった。咄嗟に手で体を隠そうとしたが阻止される。晃弘自身の腰のタオルはとっくに外されていた。

「蒼恋は俺の体を洗うの」

とろりとしたピンク色の液体を、手のひらにたっぷりのせられる。蒼恋はそれを晃弘の胸や腕に塗ってみた。けれど、彼の手が蒼恋の肩から鎖骨、胸までをぬるぬると往復しているため、どうにも集中できない。

「んっ、晃ちゃん、できない、よ」

一生懸命彼の背中に手を回して肌を洗うものの、密着度が半端ない。蒼恋の体は知らず知らずのうちにその感触に反応していた。

「感じやすいんだな、蒼恋」

「んっ、ん……！」

蒼恋の背側へ回りこんだ晃弘は、ベッドでそうしたときと同じように後ろから両胸を手で包みこんだ。この体勢が好きなのだろうか。桃色の突起にソープをくるくると撫でつけている。

「あ、んっ！　あっあ」

自分でもここがそんなに弱いだなんて、ついさっきまで知らなかった。両方の乳首をこねられながら悶えていると、晃弘が優しい声でたずねてくる。

「わかる？」

腰のあたりに硬いモノがぐいぐいと押しつけられた。

「……晃ちゃんのが、当たってる……？」

「そう。……蒼恋の肌、気持ちいいよ……」

後ろからかがむようにして蒼恋を抱きしめた晃弘のモノが、お尻に何度もこすりつけられている。そんなにもいいのだろうか……

「蒼恋、向こう見てごらん」

「向こう？」

シャワールームは全面ガラス張りだ。目の前はパウダールーム。正面にふたつの洗面台がある。そして洗面台の上には——間接照明で浮かび上がった大きな鏡に、ふたりのあられもない姿が映っていた。

「あ、やだ！」

思わずそらした顔を晃弘の腕に押しつける。

「蒼恋がすごく綺麗に映ってるよ。肩も胸も、腰も脚も、全部……綺麗だ」

晃弘はその言葉通りに蒼恋の肩、胸、腰、お尻、太ももの順に手のひらを滑らせた。

蒼恋の脚の間はむずむずと興奮して、再び晃弘の指を挿れてほしいと訴えている。

「あ、あ、晃ちゃ、ん」

「気持ちいいか？」

「ん、うんっ、あ、ああっ」

ほしいと思っていたそこに彼の指が挿れられた。慣れたせいもあるのだろう。さっきよりもずっと気持ちがいい。快感があとからあとから押し寄せてくる。

「蒼恋、少し脚を広げて」

「え？」

「そこに手をついて」

「あ、あの」

「まだ挿れないから。でも蒼恋と一緒に感じたいんだ」

どういうことかよくわからないまま、ガラスの壁に両手をつく。

するると、腰を少しだけ持ち上げられた。大きな鏡に、全裸でいやらしい格好をしている自分が映っている。と、思ったときだった。

「ふ、あっ、ああっ！」

ぬるりと、お尻のほうから前へ何かがこすりつけられ、蒼恋の口からひと際大きな声が押し出た。

「あ、蒼恋、蒼恋……！」

「あ、ぅあ、んっ」

蒼恋の腰を掴んだ晃弘が、自身の腰を動かす。視線を落とすと、蒼恋の脚の間を晃弘のモノが出入りしていた。ボディーソープと愛液が混じったそこが、晃弘のモノをしごいているのだ。敏感な場所がこすられるたび、あまりの快感に蒼恋の膝がガクガクと震えてしまう。

「いいよ、蒼恋、あ、ああ」

「私、も……っ、いっ、あぁ」

男性の喘ぎ声を初めて聞いた。晃弘の色っぽい声は、蒼恋で感じている証拠だ。それが嬉しくてたまらず、蒼恋の体と心はこれ以上ないほどのぼせ上がった。

「わ、私っ、また、あっあ」

「一緒に、イこう、蒼恋……っく」

動きが激しくなる晃弘に合わせて、蒼恋も腰をくねらせる。もう、止まらない……

「晃ちゃん、晃ちゃ、いっちゃ、う、うー」

「あ、あ、蒼恋、イクよ、イク……っ！」

味わったことのない強い快感がお腹の奥からこみ上げる。蒼恋が達したと同時に、晃弘の白い液体が蒼恋の太ももにまき散らされた。

蒼恋は振り向きざまに晃弘の胸にもたれかかる。彼はふらふらの蒼恋を受け止め、優しく抱きしめてくれた。

「ごめん……我慢できなかった」

荒い息とともに、彼はばつが悪そうにつぶやく。それは蒼恋をホッとさせてくれる声だった。

「ううん。これで……おあいこだね」

「言ったな?」

顔を上げると、晃弘に優しくキスをされた。熱のこもった瞳で見つめられ、蒼恋の瞳もうるんでくる。

「よかったよ、蒼恋」

「私も……いっぱい、感じちゃった」

まだ挿入されてはいないけれど、とても気持ちがよかった。晃弘も一緒に感じてくれて、体だけではなく心まで満たされている。自分に合わせてゆっくり進もうとしてくれる彼の気遣いが嬉しい。蒼恋はこの先のこともう、怖くなくなっていた。

熱いシャワーでふたりの蜜を洗い流し、南国の花がたくさん浮かぶバスタブへ一緒に入る。蒼恋は晃弘に後ろから包まれるようにして、お湯に浸かっていた。

甘い香りのするお湯を、花びらごと両手で掬う。

「綺麗……いい匂い」

蒼恋の手から花びらが零れた。お湯に落ちるたびに広がる濃密な香りが、蒼恋の記憶を呼び覚ます。

「晃ちゃんと一緒にいった、植物園の匂いがする」

それは蒼恋の七歳の誕生日。ふたりで回った遊園地の片隅にある、植物園の匂いだ。巨大な温室の湿った空気と大きなサボテン、濃い緑の樹々に鮮やかな花々、飛び回るアゲハ蝶。この場所と雰囲気が似ている。

「あそこが好きだって言ってたよな、蒼恋」

「覚えてるの？」

蒼恋は小学一年生、晃弘は高校生だった。蒼恋は初めて目にした植物園の光景をとても好きだと思ったのだ。それは晃弘が一緒にいたから、よけいにそう思えたのかもしれないが。

「覚えてるよ。だから蒼恋は新婚旅行も南の国がいいって言ったのかと思ってた」

「うん、そうなの。あのとき晃ちゃんは、植物園は南の国の匂いがするって言ってた。南の国へいったことはないけど、多分そういう感じだろうって」

「蒼恋こそ、よく覚えてるなあ。まだ小さかったのに」

「忘れられないよ。晃ちゃんが私に植物園でぬいぐるみをプレゼントしてくれたの」

「そうだったな」

「まだ大切にしてる。ずっと一緒に寝てたんだよ」

「そうか。ありがとう」

晃弘の嬉しそうな声が耳に入る。

「鮮やかな色と甘い香りと……蝶々がたくさん飛んでいて不思議な場所だった。だからかな、記憶に残ってる。晃ちゃんと一緒にまた、ああいうところにいきたいなって」

「夢が叶った？」

「うん。晃ちゃんのお嫁さんになる夢も叶っちゃった」

「まだだよ」

幸せな笑みを浮かべる蒼恋を、晃弘が優しく否定する。

「え？」

「本当のお嫁さんになるには、俺に抱かれなくちゃ。な？」

「……うん、あっ」

大きな手が後ろから抱きしめてくる。濡れた髪をまとめた蒼恋の耳たぶを晃弘が甘噛みした。ちり、と小さな痛みが痺れるように伝わる。

バスタブの横にある間接照明は、よく見れば専用のホルダーに入った大きなキャンドルだった。ゆらめく明かりが幻想的な雰囲気を醸し出している。

「私、ずっと――」

「ん？」

「ずっと晃ちゃんを困らせてると思ってた。いい加減、他の人に目を向けなくちゃいけないって。だから、告白された人とつき合おうか悩んだの。でも――」

「できなかった？」

「うん。お正月やお盆に晃ちゃんと会うたび、やっぱり他の人は無理だって。でも、諦めなくちゃいけない、ってつらかった」

「……蒼恋」

「だから、さっき晃ちゃんが嫉妬したって言ってくれて、すごく嬉しかった。私が諦めようとしていたときに、晃ちゃんは私のこと」

「好きだったんだよ。それで今は――」

言葉を遮った晃弘が、沈黙した。

彼が指先でお湯を弾いた音が、ぴちょん、とバスルームに響く。建物の外で鳥の鳴き声がした。

今は――何？

そう聞きたいのに晃弘の沈黙が怖くて言い出せない。心臓の音が彼に聞こえてしまいそうなくらいに大きく波打っている。

「――今は、愛してる」

「え？」

「愛してるって言ったんだよ、蒼恋」

思わぬ言葉を受けて、蒼恋の胸が苦しいくらいに痛んだ。

「蒼恋は？」

晃弘のことを愛しているかどうか、ということだろうか。蒼恋の答えは決まっている。決まっているのだが。

「は、恥ずかしくて……言えない」

「ははっ、可愛いなぁ」

晃弘が蒼恋の頭に手を乗せ、頬ずりをする。

「あとで絶対に言わせるから」

「え、あっ」

晃弘の指が蒼恋の唇をゆっくりと撫で、往復し、口の中に入った。そして舌を指で挟んで撫でる。

「吸ってみて」

「んっ、ふ」

言われた通り、彼の長い指に吸いつく。半びらきの唇から唾液が零れてしまった。つっと流れて、顎まで垂れる。それがとてもいやらしく感じた。

晃弘がもう片方の手で、蒼恋の胸を弄り始める。

「あき、ひゃ、んう……」

蒼恋の腰のあたりで彼のモノが再び硬くなっているのがわかった。

胸の先端がじんじんと熱くなるごとに、蒼恋は晃弘の指を強く吸い、舐めた。

「我慢できない」

つぶやいた晃弘が指を引き抜き、蒼恋の顎を持ち上げた。自分へ顔を向けさせ、蒼恋の唇から零れた唾液を舐め取る。そして唇にキスをした。

（さっきから私、晃ちゃんに食べられているみたい……）

晃弘とのキスは、蒼恋に彼以外のことをもたらさない。彼の他には何も見えなくさせ、彼の吐息と声しか聴こえなくさせる。どうしてだろうと思う隙さえも与えてくれない。その瞬間、蒼恋の世界は、小さなころから憧れていた年上の幼なじみのことだけになるのだ。

互いに体の疼きが治まらないまま、バスタブから上がった。

先に白いバスローブを羽織った晃弘は、もう一枚のバスローブで蒼恋をくるむ。水分を吸い取るために、バスローブを優しく押し当ててくれた。

「ありがとう、晃ちゃん」

「うん」

「私、あの年の誕生日に遊園地にいったときから、晃ちゃんのこと意識し始めたんだよ」

「そうなのか？」

「小学生の私とふたりだけになったのに、帰ろうともせずに一緒に遊園地を回ってくれて、とても感激したの。いやな顔ひとつしないで、私をひとりの女の子としてちゃんと扱ってくれた。だから――」

「だから？」

「だから、大好きになったの」

「悪いお兄ちゃんだよな。純粋なおとなりの家の女の子をその気にさせて」

「そんなことない。大事な初恋だよ」

好きで好きで、ずっと大好きな初恋の人。

「蒼恋はいい子で可愛かったよ。友里恵が彼氏のとこにいって俺とふたりだけになっても、なんの文句も言わないでさ。自分の誕生日に家族がいなくて寂しかっただろうに……俺と一生懸命楽しもうとして、いじらしかった。蒼恋は今も変わらず可愛い。可愛くて……綺麗になった」

晃弘はしゃがんで蒼恋の太もも周りをバスローブで押さえた。その手が、蒼恋の脚の間にするりと入りこむ。

「蒼恋、濡れてるよ。お湯じゃなくて、こんなに」

晃弘は蒼恋の狭間に指をあてがった。

「んっ」

「いけない子だな」

こちらを見上げる晃弘が、口の端を上げて意地悪そうに笑う。

「あっん……！」

彼の指で弄られ、くちゅくちゅという音があたりに響いた。

もう、待たなくていい。今すぐ晃弘がほしいと、蒼恋は心のなかでねだる。

その気持ちを察したのか、晃弘は蒼恋を連れてベッドへ移動した。

ベッドの前で蒼恋はバスローブを脱がされ、髪をほどかれる。晃弘もバスローブを脱いだ。

ふたりでもつれ合うように、ベッドへ倒れこむ。

お風呂に入る前よりも晃弘は性急になっている気がした。体中に唇を押しつけ、舌を這わせて、蜜のあふれるそこをとろけさせる。

「蒼恋、もう挿れたい。……いい？」

熱いまなざしを受けた蒼恋は小さくうなずいた。微笑む晃弘に額にキスされる。

「ちょっと待ってて」

「……うん？」

晃弘は起き上がり、ベッドのヘッドボードに手を伸ばして小さな袋を手にしている。

避妊具を用意しておいたのだろう。

（でも私たちって、夫婦だよね。子どもはほしくないのかな。ネガティブなことを言いたくないけど……聞かなくちゃ）

「晃ちゃん」

「ん？」

「それ、つけるの……？」

「つけないほうがいい？」

「う、ううん、そうじゃないんだけど」

つけてくれない人のほうが問題だとは思うが……どう伝えていいのかわからず口ごもる。すると、晃弘は蒼恋の気持ちに寄り添うように答えてくれた。

「俺は、子どもはいつでもいいと思ってる。しばらくは蒼恋とふたりでいたいっていうのも正直な気持ちだ。それに」

「それに？」

「俺たちの子どもはほしいけど、蒼恋が絶対に今すぐほしいと言うまでは、いつまでも待てるよ。蒼恋はどう思ってる？」

「私は、いつでも晃ちゃんの赤ちゃんがほしいよ。でも、まだふたりだけの時間がほしいなとも思う」

蒼恋も正直に答える。

「焦(あせ)る必要はないよな」

「うん」

うなずく蒼恋に晃弘がキスをした。

彼はたくさん舐(な)めて、愛してくれる。少しでも不安になったら、こうやって口に出せばいいのだ。

お互いに素直な気持ちを伝え合えたことで、蒼恋の心は満たされた。

準備を終えた晃弘が、蒼恋の脚をひらく。濡れそぼるそこに、彼のモノをあてがった。蒼恋の全身が緊張でこわばる。

「ゆっくりするから、大丈夫だよ」

「んっ、うん」

蒼恋の入り口に晃弘の先端がこすりつけられる。密着したそこがじんわりと温かく感じた。

「あ、何か、あったかい……？」

「そういうゴムにしたんだけど、平気？」

「う、うん……あ」

先端を少し挿入したら抜く、を繰り返し、晃弘は蒼恋の入り口だけを何度も出入りしている。

「あ、あ」

温かさが変な感じだが、気持ちよかった。そういえば以前、「ゼリーがついてるのもあるよ」と礼奈たちが教えてくれたのを思い出す。そのおかげで意外とスムーズなのかもしれない。少し安心していた蒼恋だが、突如痛みに襲われた。

「い、いた……っ！」

めいっぱい押し広げられたそこが裂けてしまうような、ひきつる痛みだ。

「蒼恋、力抜いて」

「んっ、できな、い痛ぁ……っい……っ！」

あんなにも濡れていたのに。晃弘が気を使ったゴムですら効き目がない。

痛みに蒼恋の全身が固まる。力を抜くどころか、逆にめいっぱい力が入ってしまった。

思わず蒼恋は晃弘の硬い肩を掴んで、向こうへと押した。

（だって痛くて、こんなの絶対に無理……！）

ぎゅっと目をつぶり、歯を食いしばっても、どうにもならなかった。どうやって力を抜いていいのかもわからない。みんな、こんなにも痛い思いをしているのだろうか。

「……きつい、な」

晃弘が苦しそうに息を落とした。挿れるほうも痛いのだろうか、と蒼恋は痛みに耐えながら心配する。けれど、やめたくはない。呻く蒼恋に晃弘が囁いた。

「蒼恋、キスしよう。舌出してごらん」

どうにか唇をひらいて舌を出す。晃弘の舌がそこへ絡んで、彼の口のなかへ引っ張りこまれた。その間も挿入は続く。

「う、んっ、ん……っんう」

無我夢中で舌を絡ませていると、ほんの少しだけ痛みを忘れられた。

でも、まだなの？　いつまでこれが続くの……？　と、目に涙が滲んでくる。

「蒼恋、好きだよ、好きだ」

「んっ、ふ……あ」

耳に、首に、肩に……晃弘のキスが落ちてくる。痛みを和らげようとしてくれる彼の甘い感触と優しい声に、少しずつ蒼恋の体が反応し始めた。

「蒼恋……蒼恋、あ、あ」

晃弘の荒い息遣いが蒼恋の耳に侵入する。彼は蒼恋のなだらかな肩先で、何度も熱い声を出した。

少しずつ少しずつ、晃弘が挿入ってくる。蒼恋は固く閉じていた目をそっとひらいた。

彼は苦しそうな表情で自分を見つめている。

（どうして、そんな表情をしているの……？）

彼の額から汗がひとつ、ぽたりと落ちた。

「あき、ちゃ」

「全部、挿入った、から」

「う、うん……んっ」

つながったそこがじんじんして……熱い。蒼恋のナカが晃弘でいっぱいになっている。

ひとつになる——蒼恋は体中でそれを実感していた。

「蒼恋のナカ、すごく気持ちいいよ。耐えるのが大変だ」

「ほ、んと……？」

「ありがとう、蒼恋。頑張ったな」

眉根を寄せた晃弘が蒼恋の髪を撫でながら、微笑む。その表情と声をとても切なく感じた。晃弘を好きだという感情があふれ、涙がぽろりと零れる。

「晃ちゃ、ん……好き……っ！」

彼の首に手を回してしがみつく。

「俺も大好きだよ、蒼恋」

晃弘は蒼恋の両頬に手をやり、囁いた。

「動いても、いいか……？」

「うん」

「ゆっくりするから、痛かったら言えよ？」

「……うん」

腰を動かし始めた晃弘を見つめる。こすれる部分が温かく、彼のモノが挿入ってきたときよりは滑りがよくなっていた。出し入れされるたびに、痛みは和らいでいく。

「あっ、あ」

ベッドが上下に揺れて、ぎしぎしと軋んだ。蜜の音と汗の匂いと濃密な花の香りが混じり、部屋が淫らな空気で満たされる。

「蒼恋、あ、いい、蒼恋」

「っあ、あ、っあ」

「大丈夫か……？」

「う、うん……ひうっ！」

突然、甘い電気が胸の先端に走った。晃弘が腰を動かしながら、蒼恋の乳首に吸いついたのだ。舐められているそこは下腹とつながっているのか、吸われるたびに蒼恋の蜜奥が快感を得ていく。

「やぁ、晃ちゃ、んっ……！」

胸に吸いつく彼の頭を抱きしめ、いやいやと首を横に振る。晃弘の黒髪に指を差し入れて自分に引き寄せた。

「蒼恋、いいのか？」

「んっ、いい……恥ずかし、い」

「もっと感じて。愛してるよ、蒼恋」

頭がぼうっとして、体中が熱い。あちこち揺さぶられるうちに、晃弘の言葉にちゃんと応えたいという気持ちが膨れ上がった。

「わ、私、も」

「聞こえない」

「私も、愛して、る……！」

彼の愛を全て受け止めるために、自分も腰を浮かせて密着させる。

「蒼恋！」

興奮した晃弘の唇が、蒼恋のそれを強くふさぐ。

晃弘はむさぼるようなキスで悦楽の波に蒼恋を引きずりこんだ。

「あ、っふ、あん」

「蒼恋、イクよ……！」

「うんっ、晃ちゃ、ああっ、あー」

「蒼恋、蒼恋……っ！」

低く呻いた晃弘は、激しく打ちつけた腰を震わせる。

ぼやける視界のなかで、蒼恋はひとつ理解した。何度も見た晃弘の苦しそうな表情は、快楽に耐えていたものだったのだ。

自分もきっと、同じような顔をしているのだろう。もう痛みは消え去って、快感だけが残っているから……

蒼恋は晃弘の腕のなかで、うつらうつらとしていた。

真っ白なシーツがふたりをくるんでいる。間接照明を見つめる蒼恋は、晃弘の体温を肌で味わっていた。

「大丈夫か？」

「……うん。ちょっとまだ、ひりひりする感じだけど」

愛する人に初めてをあげた証（あかし）は、散らばった南国の赤い花びらとともに、シーツの上に刻まれている。

「晃ちゃん、ごめんね」

「何が？」

「私、自分のことばっかりで、晃ちゃんに気持ちよくなってもらおうとか、そういうことと考える余裕が全然なかった」

そう言うと、晃弘に優しく抱きしめられた。

「何言ってるんだよ蒼恋。初めてだったんだから、そんな余裕はないのが当たり前だろ。それに……蒼恋のナカは気持ちよすぎるくらいだったよ」

「本当？」

「本当。蒼恋は一生懸命俺に尽くしてくれた。だから謝る必要なんてないよ」

「うん」

「最高の時間だった」

「……私も」

晃弘の言葉にホッとする。

何もかもが初めてだった。だから晃弘に任せているばかりだったが、彼を精いっぱい愛したのは事実だ。

そして蒼恋もたくさん愛された。結婚式でこれ以上の幸せなどないと思っていたのに、早々に塗りかえられている。

晃弘に自分の全てを染められたことは、蒼恋にとってこの上ない幸福だった。

「もう一回言ってくれたら、もっと最高だけどな」

「何を？」

「愛してる、って」

「えっ！」

「さっき言ってくれただろ？」

「言った、けど」

体と気持ちがつながり、最高潮に盛り上がっているときだったから、なりふりかまわず言えたのだ。でも今改めて言うのは、照れが先に立ってとてつもなく難しい。

蒼恋がためらっていると、晃弘がその顔を覗く。

「嘘だったのか？」

「う、嘘じゃないよ、もちろん」

「じゃあもう一回言って、蒼恋」

形のいい薄い唇が優しげに笑い、奥二重の大きな目がからかうように蒼恋の瞳を見つめる。

（そんな表情をされると弱いのはわかっているくせに。晃ちゃんは本当にずるいんだから）

「あ……」

観念した蒼恋は最初の一文字を口にした。この時点で、きっと顔が真っ赤になっているはずだ。

「うん？」

晃弘が大真面目な顔で首をかしげる。

「あ、あい……」

「うん、それで？」

「もう、晃ちゃんの意地悪っ」

硬い胸にげんこつを当てると、笑った晃弘がくるりと体勢を変えた。

「愛してるよ、蒼恋っ！」

「きゃっ」

蒼恋に覆いかぶさり、ぎゅううっと抱きしめてくる。驚く蒼恋の頬に、額に、唇に、軽いキスを数えきれないくらい落とした。

「蒼恋、愛してる！　愛してる、愛してる！」

「あ、晃ちゃん、私も」

幸福感でいっぱいになった蒼恋は晃弘の背中に手を回して、大きな声で応えた。

「私も、愛してるっ！」

目の前でにっと笑った晃弘は、嬉しそうに蒼恋に唇を重ねた。してやったり、といった表情だ。

むせ返るような甘い花の香りのなか、深く深く何度もキスをして、気づいたらまた体をつなげていた。新婚さんだからいいよね、と笑みを交わしながら……何度も、何度も。

翌朝、蒼恋はまぶしさに目を覚ました。

花とフルーツの匂い、シーリングファンの回る音、わずかに漂う異国の香り。隅々まで光が届き、部屋中を明るく照らし出している。夜の甘い雰囲気は姿をひそめ、あたりは清浄な空気に満ちていた。

高い天井のおかげか、ひと晩中涼しくすごせた。

蒼恋は目の前にある晃弘の肌に指を当ててみる。昨夜のことを思い出し、叫び出したい衝動に駆られた。

全てを見られ……彼の全てを見てしまったのだ。感じさせられた自分の声、晃弘の吐息、混ざり合う音、快感に歪む表情。それらをいちいち思い出しては顔が熱くなる。

すやすやと眠る晃弘の顔を、蒼恋はじっと眺めた。

通った鼻筋に、今は閉じている大きな目。その下にうっすらとある涙袋。形のよい眉、薄めの頬の肉、少し大きな口。背の高さ、引き締まった体、綺麗な長い指、爪の形。晃弘の全部が好みだ。体を合わせてからは、より一層素敵に見えるのはなぜだろう。

(恋をするとフィルターがかかるって聞いたことがあるけど、そんな理由じゃない。晃ちゃんが世界で一番素敵。一番格好いい……)

「ん……」

心の声が聞こえたかのように、晃弘がまぶたを動かした。ゆっくりとそれがひらかれ現れた瞳が、蒼恋を見つけて優しげな色に変わる。

「……蒼恋、おはよ」

「お、おはよう、晃ちゃん」

彼の掠(かす)れた声に胸がきゅんとした。

(起き抜けはこんな声をしているんだ……。その声も好き)

「んー蒼恋、キスして」

ドキドキしている蒼恋に、晃弘が目をこすりながら言う。

「えっ」

「早く」

ぐいと手首を掴まれて、再びまぶたを閉じた晃弘に近づいてしまう。

「ん」

恥ずかしかったが、その唇にちゅっとキスをした。目を閉じたままで晃弘が嬉しそうに笑う。

反則だ。そんなに幸せそうな顔をされたら、なんでもしてあげたくなってしまうではないか。

蒼恋は胸にこみ上げた思いとともに小さく息を吐き出した。

「もう十一時になるのか」

寝返りを打った晃弘はヘッドボードの時計を見る。

「えっ、ほんと？　もっと早い時間かと思ってた」

「結局夜メシ食わないで、ずっとだったもんな。体は大丈夫？」

「だ、大丈夫。晃ちゃんは？」

寝かさないと言った晃弘の宣言通りだった。途中いちゃいちゃしたり、体を触りっこする休憩を挟みながら、蒼恋は明け方近くまで彼に抱かれていたのだ。新婚のカップルとはいえみんなそこまでするものなのだろうか、と疑問に思うくらい、晃弘は何度も蒼恋を求めてきた。

「ぐっすり眠れたから平気だよ。腹減ったな。蒼恋、喉渇かない？」

「すごく渇いちゃった。すっきりするものが飲みたいな」

「プールサイドのレストランにいこうか」

「うん！」

満足しきった体が蒼恋の心に幸福感を与え続けていた。

なんの不安もなくなり、晃弘の言葉に反応したお腹が、ぐうと鳴ってしまう。

急いで支度をしたふたりはヴィラを出た。

そして、レストランのテーブル席に着く。目の前はホテルのメインプールだ。陽ざしが水に反射してキラキラとまぶしい。今日も天気はよく、濃いブルーの空が広がっている。

蒼恋はレモンスカッシュ、晃弘はアイスティーを頼んだ。グラスが大きくたくさん入っており、飲み応え（ごた）がある。

食事は焼きたてのパンをサーブされた。パンはいくつでもお代わり自由だ。シーザーサラダとシーフードのパスタがびっくりするほどおいしい。アボカドソースがのったマグロの炙（あぶ）り焼きは、口のなかでさっと溶けてしまった。

「どうしよう。全部おいしいよ、晃ちゃん」

「よかったな。ほら、これもどうぞ」

晃弘は笑いながら、蒼恋へフォークを差し出した。その先にはグリルしたエビの身が刺さっている。

（これは……あーんってことでいいんだよね？）

蒼恋はおずおずと晃弘のほうへ顔を近づけ、そっと唇をひらいた。

「もっとこっちにおいで。ほら、あーん」

「あ、あー、んっ」

思い切ってぱくりと口に入れた。香りのよいオイルと、ぷりぷりのエビの味が口いっぱいに広がる。

「ん、おいしいっ！」

「うまいなこれ。蒼恋のもちょうだい」

「え、あ、うん」

披露宴でケーキの食べさせ合いっこはしたが、ふたりきりでこういうことをするのにはまだ照れがある。

「はい、晃ちゃん」

「お、うまっ！」

大きな口を開けてマグロを食べた晃弘が、子どものように目を輝かせた。

今まで目にしていた彼の姿とはまるっきり違っている。心からリラックスして、蒼恋に甘えるような声を出しているのだ。保護者ではないひとりの男性としての素顔を見せる晃弘が新鮮だった。

デザートはココナッツのパンナコッタ。舌触りがクリーミィでココナッツの香りが濃厚だ。おいしい食事を堪能した蒼恋は、うっとりと周りに目をやった。

レストランの前にはまばゆく輝くプールが広がり、一面に美しい花が咲き乱れている。そして目の前には大好きな人。幸せすぎてどうにかなってしまいそうだ。

「ここも素敵ね。ヴィラも素敵だったけど」

「ああ」

「ヴィラは夜と朝の雰囲気がまるで違うのに、どっちも清潔感はきちんとあるの。リネンが全部真っ白で家具が新しい木製だからかな。全体がシンプルに揃えられているけど、そっけないわけじゃないんだよね。ちょっとしたところに小さなお花が置いてあったりして、ホッとする」

蒼恋のおしゃべりに晃弘が目を丸くした。

「蒼恋はそういうところをよく見てるよな。俺たちの新居の家具を選んだときも、そうだった」

「家のなかのことを細々考えるのが好きなんだって気づいたの。前にも言ったけど、これまでひとり暮らしをしたことがなくてわからなかったんだと思う。ここはこうしよう、ああしようって想像するのが楽しいんだ」

「へぇ……」

「それに、こういう場所に泊まると、こうすれば家具を綺麗に飾れるとか、空間が無駄にならないとか、工夫がたくさんあって勉強になるなぁって」

「面白いこと思うんだな。俺は毎日のように物件を見てるせいで感覚がマヒしてるよ。蒼恋の言うことがいちいち新鮮に感じられる」

「たくさんお部屋が見られていいね」

「仕事だからな」

　肩をすくめる晃弘と一緒に、蒼恋も笑った。

　食後のコーヒーが運ばれてくる。

「今からホテルのプライベートビーチにいってみるか？　送迎してくれるんだ」

「うん、いきたいな」

「その前に買い物にいって水着を買おう」

「水着なら持ってきたよ。晃ちゃんは持ってきてないの？」

「一応持ってきたけど、せっかくここまできたんだから買おう。蒼恋に新しいのを買ってあげるよ」

「ありがとう。どんな水着があるのか楽しみ」

「ああ。楽しみだな」

コーヒーを飲み干した晃弘が意味ありげに笑った。

数時間後。蒼恋は晃弘が選んでくれた水着を身につけていた。ふたりでプライベートビーチに向かう。

「綺麗……！」

真っ白な砂浜に真っ青な空、そして透明度の高いエメラルドグリーンの海が素晴らしく美しい。

ホテルのビーチチェアとパラソルが並ぶ場所へ移動する。可愛らしい作りのカフェもあり、宿泊者は無料でドリンクを飲める。ビールやトロピカルジュース、カクテルが注文できるらしい。

ふたりはビーチチェアに腰かけ、上着を脱いだ。

ビキニ姿になった蒼恋は、前を隠したい気持ちになる。

ショップにはタンキニのような布が多い水着はなく、完全なビキニしか売っていなかった。それも晃弘が選んだのは三角ビキニだ。ブラの背中も首周りも、ショーツの腰も、全て紐で結ぶだけのもので心もとない。ブラのカップが大きめなのは助かっているのだが。

「すごく可愛いよ、蒼恋」

蒼恋が身につけている淡いピンク色の水着を、晃弘が上から下まで眺めた。彼の視線に蒼恋の体が反応する。

「あ、ありがと」

(体が熱い。晃ちゃんの視線だけで感じるなんて私、どうしちゃったんだろ)

「どうした、蒼恋?」

もじもじする蒼恋に晃弘がたずねる。

「やっぱりこの水着、大胆すぎない？　ちょっと恥ずかしいかな、なんて。それに……」

恥ずかしい理由はもうひとつあるのだ。

「俺の跡がついてるから?」

「あっ、晃ちゃん……!」

さらりと指摘をされて蒼恋の顔は火がついたように熱くなる。蒼恋の肌には昨夜、晃弘につけられたキスマークが複数残っていた。

「その恥ずかしがってるところがいいんだ。最高に可愛い」

クスッと笑った晃弘は蒼恋の肩を抱いた。

「周りを見てみろよ。みんな、もっとすごいから」

蒼恋が顔を上げると、すらっとした美人な外国人観光客が数人いた。男性も女性もスタイルがよく、蒼恋よりもずっと大胆な水着を着ている。雑誌に登場するようなモデルにしか見えない。そんなカップルが堂々といちゃいちゃしているのである。

「ほんとだ……」

「な?」

「もう、そっちばっかり見ちゃダメ」

蒼恋は手を伸ばし、晃弘の顔を自分のほうへ向けた。あんなにゴージャスな人ばかり見られては、自分が霞(かす)むのは必至である。

「わかった。蒼恋しか見ない」

いこう、と晃弘は蒼恋の手を取り歩き出す。

白い砂浜が目に痛いほどまぶしい。海は遠浅だ。低い波が遠くの沖に見える。穏やかな波の音が響き、潮風が蒼恋の髪を揺らした。

人の少ない波打ち際を歩く。蒼恋の腰に手を回す晃弘の視線が、痛い。穴が開くほど蒼恋ばかりを見つめている。

「晃ちゃん」

「ん?」

「み、見すぎだよ、私のこと。変態みたい」

「他の人を見ちゃダメなんだろ？」

「海とか空とか砂浜とか……見ればいいじゃん」

蒼恋は口を尖らせる。

「ははっ、可愛いなぁ、蒼恋は。それっ」

「きゃっ！」

こんなところでまでお姫様抱っこをされるとは思わず、蒼恋は小さく悲鳴を上げた。

「晃ちゃん、恥ずかしいよ」

「誰も見てないって」

晃弘の首にしがみついて訴えても聞いてはもらえない。彼は全く動じずに海のほうへ進んでいく。

ちゃぷちゃぷという音がした。晃弘が海水に入ったのだろう。

海面に反射する光のまぶしさに蒼恋は思わず目を閉じた。

「準備運動してから入らなくちゃ」

「足だけだよ、ほら」

蒼恋の足が海水に下ろされた。

「冷たっ、……くもない？」

「ああ、気持ちがいいな」

「うん」

膝に届くか届かないかの深さだ。透明な海水をよく見れば、小さな魚がたくさん泳いでいた。

軽く手足を動かしてから少しずつ海に入っていく。晃弘は蒼恋の胸の深さの場所で立ち止まった。

「抱っこしてあげる」

水中でふわりとまた抱き寄せられた。

晃弘は蒼恋の両手を自分の首に絡ませる。そして蒼恋の腰を支え、脚をひらかせた。

「晃ちゃん、ちょっと」

「ほら、もっとくっついて」

脚の間に晃弘の体が入りこむ。ちょうど彼の腰周りに蒼恋の脚が絡む体勢だ。

「でもこの格好……は、恥ずかしいよ」

「誰もそばにいないから平気だよ」

笑う晃弘に抱っこをされながら、静かな波に揺られた。空の高い場所で鳥が鳴いている。彼の言う通り、周りには誰もいない。世界中でふたりだけのような錯覚に陥った。

「……綺麗」

「ああ」

「夢みたい。ずっとこうしていたい」

「俺も。蒼恋は海が好き？」

「うん。たくさんは泳げないけど好き。あっ！」

彼の後ろで水しぶきが上がる。きらきらと飛び跳ねたのは色鮮やかな熱帯魚だった。驚いて、笑いながら、水中で抱きしめ合う。

「明日、イルカと戯（たわむ）れにいこうか。今日中にアクティビティに申しこめば間に合うんだ」

「本当？　嬉しい！」

蒼恋は喜びのままに、彼の頬にちゅっとキスをした。笑った晃弘が続ける。

「今夜は部屋の庭でシーフードバーベキュー」

「わぁ、楽しみ！」

「イルカのあとはスパにいって、夜は浜辺のレストランで夕陽を見ながらディナー。四日目はウブドで観光予定。他の空いてる時間は全部……」

耳もとで教える言葉が途切れた。蒼恋は首をかしげる。

「ゆっくり、するんだよね？」

「いや、蒼恋とずーっといちゃいちゃするつもりだ。……こうやって」

耳もとを離れた晃弘の唇が、蒼恋の首筋へ到達した。

「あっ、ん」

首筋から耳の後ろまで舐め上げた晃弘が苦笑いする。

「海水でしょっぱいな。当たり前か」

「や。ダメだってば」

「むくれてる蒼恋も可愛い」

「もう、んっ」

晃弘の指先で背中をなぞられ蒼恋は、びくんと体を反らせた。昨夜の感覚が残っているのか、体中がどこも敏感で困る。触れられるたびにぞくぞくし、体が跳ねてしまう。

「今すぐにでもヴィラに戻って蒼恋を抱きたい」

「昨夜も、いっぱいしたのに?」

「あんなんじゃ足りないよ、全然」

「ん……っ!」

晃弘の右手が蒼恋の胸をわしづかんだ。

「蒼恋は? もうお腹いっぱい?」

ビキニのブラから零れそうな柔肌を優しく揉みしだきながら、晃弘が甘い声で問う。

「……えっち」

「男はみんなそうなんだよ。こんなに可愛い奥さんがいたら、よけいにな」

こつんと額をくっつけられる。

無邪気に笑う晃弘を、どうしようもなく愛しく感じた。

（私ももっと、素直になりたい――）

蒼恋は彼の濡れた髪に触れ、心のままに囁いた。

「私も晃ちゃんと……いっぱいしたい」

一瞬驚いた晃弘は目を細め、蒼恋の手を強く掴んだ。腰に回している手に力を入れると、ぐいと自身を蒼恋に押しつける。

「じゃあいっぱい、しような？」

「うん……」

晃弘の硬くなったモノを感じ、蒼恋の頬がみるみる熱くなっていく。蒼恋の一番感じる部分にそれが触れていた。こすれるたびに下腹が疼き、海中なのに濡れていくのがわかる。

陽ざしが熱い。それ以上に体中が熱い。唇も首筋も指先も、下腹も足先も全部が……熱かった。

「ここで挿れちゃうか？」

「えっ！」

「冗談だよ」

「も、もう……ん、んう」

クスッと笑った晃弘に唇を奪われる。

いいよと返事をしたら彼はどんな顔をしただろう。などといけないことを思ったのは、内緒だ。

輝く太陽と空と海だけが、じりじりと恋に焼かれたふたりの深いキスを見つめていた。

ヴィラへ戻ったふたりは、部屋でドリンクのサービスを受けた。

ひと息ついてから庭のプールに入る。蒼恋は海で着ていたものとは別のビキニを身につけた。

晃弘は水着を三着も買ってくれたのだ。今着ているのも紐がついた三角ビキニで、胸もとはプルメリアの花モチーフがたくさんついており、とても可愛い。

淡い黄色の花が色の白い蒼恋にとても似合うと晃弘は喜んだ。晃弘に誉められるたびに、蒼恋は自分の体のコンプレックスが消えていくのを感じた。

プールのなかから庭を眺める。建物に沿うように生い茂る背の高い木立が、芝生に木漏れ日を作っていた。

「気持ちがいいね、晃ちゃん」

「静かだな」

「うん」

泳いだり、水をかけあったりして遊んでいるうちに、いつの間にか日が陰（かげ）っていた。見上げると空に雲がかかっている。水面にぽつりと何かが落ちて、波紋が広がった。

「雨？」

つぶやいてすぐに、ざっと雨が降り出す。

「スコールだな」

「冷たい！」

風が吹いているせいか雨が冷たく感じた。晃弘が蒼恋の腕を引っ張り、プールの縁へ導いた。

「そこのベッドへいこう」

プール横にある昼寝用のバレに引っ張りこまれる。ここは屋根と柱だけで壁はない。キングサイズのベッドの上に新しいバスタオルが積まれ、横には可愛らしいチェアがふたつ並ぶ。

屋根の下で雨をしのぎながら、晃弘がバスタオルで蒼恋の体を拭（ふ）いてくれた。自分の体も素早く拭（ふ）き、蒼恋を強く抱きしめる。

「蒼恋が今すぐほしい」

冷えた体とは逆に晃弘の声は熱を帯(お)びていた。

「晃ちゃ、ん」

「抱かせて」

蒼恋が返事をする前にビキニの紐は全てほどかれた。水着が蒼恋の体から剥(は)がれ落ちる。我慢できないというふうに晃弘が自分も水着を脱ぎ、蒼恋をベッドへ押し倒した。

雨は降り続き、バレの屋根を強く叩きつけている。

「ここは、お昼寝するところ、だよ」

「わかってる。昼寝は明日する」

晃弘はにこりともしないで蒼恋へのしかかり、体中にキスをしてくる。夢中で蒼恋の肌をむさぼる彼に、意地悪を言ってみたくなった。

「わかってるのにそれ、用意してたの？」

クッションの下に用意されていたゴムを指さす。海から戻ってきて、蒼恋が着替えている間にでも置いたのだろう。

「蒼恋が可愛いのが悪い」

「意味わかんないよ、晃ちゃんってば……」

「海にいたときからずっと我慢してたんだ。これ以上は無理だよ」

「あ、晃ちゃ……」

（私の体だってずっと、ほてってる。本当はすぐに抱かれたいって思ってた――）

晃弘の願いを蒼恋は受け入れた。

晃弘は昨夜よりさらに性急だった。だが、蒼恋のナカは昨夜よりもずっと、彼を愛するために濡れていて、もう苦しくはない。

「は、ぁ……」

「痛いか？」

「だいじょう、ぶ」

熱いモノを抜き差しされているうちに気持ちがよくなってしまい、蒼恋も自然に腰を動かしていた。雨音のすき間にくちゅくちゅという音が混じる。

「ああ、蒼恋……きつい」

「晃ちゃ……きゃっ！」

体を起こした晃弘が蒼恋の腕を掴んだ。二の腕を引っ張られて体ごと起こされる。座る彼の上にまたがる格好だ。晃弘の屹立が蒼恋の下腹の奥まで侵入する。

「あっ、これ、やだぁ……！」

「深いだろ？」

「あっ、あぁっ！」

ずん、と突き入れられるたびに、目の前がちかちかするほどの快感が体中を駆け巡る。

「蒼恋、いいのか？」

「うっ、ん、いい、あっ」

ダメだと思うのに大きな声が出てしまう。蒼恋は彼の肩に顔を押しつけた。

「ダメッ、聞こえ、ちゃう……っ！」

ヴィラ全体を囲む壁があるとはいえ、ここは庭と変わりない。ヴィラの外を従業員が通りかかったら声が聞こえてしまうかもしれない。

「誰もいないよ。それに雨の音で、消える……っ」

「んうっ！　あっ、んんっ！」

晃弘の動きはますます激しくなり、蒼恋はのけぞりながら必死に彼の首にしがみついた。混ざり合うそこから、信じられないくらいに蜜があふれ出ている。内ももやお尻まで垂れているのだ。

「晃ちゃん、晃ちゃん、好き……っ！」

「蒼恋、愛してるよ、蒼恋」

雨の音、立ちのぼる緑の匂い、肌の温度、背中を伝う汗、掠（かす）れた声。蒼恋を抱きしめる晃弘の力の強さ、南の国の甘い甘い思い出――

咬（か）みつくようなキスを交わしたあと、つながりながら見つめ合う。今このときにどうしても、蒼恋は言いたくなった。

「私、一生忘れな、い」

「……ああ」

しっかりと寄せた肌に互いの吐息が落ちる。

「ここでのこと……全部、私」

「俺も忘れないよ。蒼恋とすごしたこと、全部」

悪戯(いたずら)に降り出したスコールのなか、心と体に刻みつけるように、ふたりはとめどなく愛を囁(ささや)き合った。

＊＊＊

ほわほわと湯気の立つ出汁巻き卵を見つめ、蒼恋は微笑んだ。

母に教わり何度も練習したのだ。わかめとネギの味噌汁と、ほうれん草のおひたしはできているし、鮭の切り身は香ばしく焼けた。ごはんは炊き上がったばかりだ。

新婚旅行から帰ってきた翌日の朝食にしては上出来である。いや、完璧だろう。

(晃ちゃん喜んでくれるよね？　そろそろ起こしにいかなくちゃ)

だが晃弘がどこにもいない。ベッドにも、バスルームにも、トイレにもベランダにも。

それになぜか家中が明るく、まぶしさにまぶたがうまく開けられない。

晃弘はどこにいったのだろう。目を閉じたままそんなことをぼんやり考えていると、愛しい人の声が届いた。

「蒼恋」

「ん……」

「蒼恋、起こしてごめん」

「晃ちゃん、どこ……?」

「ここだよ」

すぐそばにある晃弘の気配に安心した蒼恋は、そっとまぶたを上げた。コーヒーのいい香りがする。

(ああ、晃ちゃんそこにいたんだね。紺色のスーツにさわやかな水色のシャツが似合ってる。そのネクタイも素敵)

「俺、もういくからさ」

「え!?」

「会社。もう出ないと」

「え、あ、嘘っ!」

晃弘の言葉に驚いて飛び起きた。ぼやけた頭のままで状況を確認する。

スマホのアラームで一度目は覚めたが、どうやら二度寝をしてしまったらしい。完璧にできあがったと信じた朝食は夢だったのだ。晃弘はとっくに起きて支度を済ませている。

　気づいた蒼恋の全身から、さっと血の気が引いた。

「ゆっくりしてろな。俺、仕事が溜まりまくってるから、今夜は遅くなるよ」

「ご、ごめんなさい！　私……どうしよう」

「いいんだよ。疲れてるんだろ？　俺が散々疲れさせたからな」

　満足げに笑った晃弘が蒼恋の髪を優しく撫でた。

　鳥の鳴き声が部屋の中まで聞こえる。今、何時だろうか。

「晃ちゃん、朝ごはんは？」

「コーヒー飲んだから平気だよ。あ、カップそのままだ。ごめん」

「ううん、洗っとくから大丈夫」

　穏やかなまなざしと声に、蒼恋の心がちくりと痛む。

「……私、奥さん失格だね」

「そんなことないって、気にするなよ。じゃあな」

「玄関までいく」

　ベッドから下りた蒼恋は、髪を手で整えながら晃弘のあとをついていった。メゾネットの階段を下り、玄関で革靴を履いた晃弘の手から靴ベラを受け取る。

「今夜は先に寝てていいからな？」

「うん。いってらっしゃい」

いつも通りの晃弘だが、内心呆れられたかもしれないと思うと、身の置きどころがない。蒼恋は肩をすぼませて彼の背中を見つめる。すると、足を止めた晃弘が振り向いた。

「忘れ物した」

「なあに？」

「ん」

蒼恋に近づいた晃弘に軽く唇を重ねられる。とたんに蒼恋の顔がぼわっとほてった。晃弘のフレグランスが蒼恋の胸をきゅっと掴む。

「じゃあいってくる」

「いってらっしゃい……！」

笑顔の晃弘を見送った。現金なもので、晃弘のキスひとつで落ちこんでいた気持ちがどこかへ飛んでいってしまう。

リビングに戻り、蒼恋は窓の外に見える五月晴れの空を仰いだ。右から左へツバメがついと横切る。

蒼恋が失敗しても晃弘は優しい。それは蒼恋が幼いころからずっと変わらなかった。これくらいのことで嫌われるとは思えない。

でも、と蒼恋はつぶやいた。

「晃ちゃんが優しいからって、それに甘えてばかりじゃダメだよ……」

スマホのアラーム機能だけに頼らず、ちゃんとした目覚まし時計を買ったほうがいいかもしれない。とにかく何度も同じ失敗をするわけにはいかないのだ。

「朝ごはん食べて気合入れよう」

新婚旅行の帰りに空港で買った全粒粉のパンをトースターに入れ、電気ケトルでお湯を沸かす。テーブルには晃弘が使ったばかりのマグカップが置いてあった。丸みのある白いそれを両手でそっと持ち上げる。彼の跡が残る飲み口へキスをすると、仄(ほの)かな苦みが伝わった。

「六日連続、か」

スマホのカレンダーをチェックして、ひとりごちる。

新婚生活が始まったばかりだというのに、晃弘は仕事が忙しく、帰宅が十一時から十二時をすぎる日が続いていた。休日も出勤し、夜は業者の人と飲みにいってタクシーで帰る。ベッドで眠る蒼恋の横でいつの間にか晃弘が寝ていた、などという日もあった。

「晃ちゃん、体……大丈夫かな」

いつものことだよ、と晃弘は笑っていたが心配だ。明日はやっと休みが取れると言っていたから、少しはゆっくりできるのだろうか。

晃弘が忙しくしている間、蒼恋は家事に四苦八苦していた。

炊飯器の電源を入れ忘れたり、警告音とともに洗濯機がしゃべり始めて何ごとかと慌(あわ)てると、水道の栓を開けていなかったり。オーブンの使い方がいまいちわからずグラタンが焼けていないなど、新しい家電を使いこなせずにいるのだ。

いろいろと落ち着くまでは、晃弘が忙しいことにかえって助けられているかもしれなかった。

ため息をついて洗濯物を畳み終え、夕飯の買い物にいこうとしたときスマホが鳴った。

「晃ちゃん、今日は早く帰れるんだ……！」

浮かび上がったメッセージを見て心が躍(おど)る。

蒼恋は彼の喜ぶ顔を想像しながら、献立(こんだて)を考え始めた。夕飯は体に優しいものがいいだろう。

それから数時間後の夜八時。食事の支度を終えた蒼恋がそわそわしていると、玄関の扉がひらく音がした。急いでそちらへ駆け寄る。

「晃ちゃん、お帰りなさい！」

「ただいま」

鞄を受け取ろうとして差し出した手を、ぐっと掴(つか)まれた。晃弘の腕に閉じこめられる。

「晃ちゃ――」

「やっと早く帰れた」

ぎゅうっと抱きしめ、晃弘は戸惑う蒼恋の耳もとに唇を当てた。こんなほんのちょっとのことで、蒼恋の体はびくんと感じてしまう。

「明日は休みだし、今夜は蒼恋を堪能するからな」

「た、堪能って」

「一緒に風呂に入ろう。沸いてる？」

「沸いてるけど……一緒に入るの？」

「いやか？　こういうの待っててくれたんじゃなかったの？」

耳に落とされる吐息と甘い言葉を受け、全身の力が抜けそうになる。

「……うん。待ってたよ、ずっと」

「蒼恋」

「だからいやじゃない。晃ちゃんと一緒にお風呂に入りたい」

素直な気持ちを言葉にする。一週間近く、この温もりを待っていたのだ。

「よしよし。隅々まで洗ってやるからな」

「えっち」

「遠慮すんなって」

「え、遠慮なんてしてないもん」

満足げに笑う晃弘は、蒼恋の頬にキスをした。

彼の頬にお返しのキスをしながら、ふと、結婚前の不安を思い出す。あのころの自分に今はこんなに幸せなんだと教えてあげたら、どんなに驚くだろうか。驚くどころか嬉しくて、泣き出すに違いない。蒼恋は幸せをかみしめつつ、晃弘の胸にもう一度顔を押しつけた。

先に風呂へ入った晃弘が蒼恋を呼ぶ。髪も体も洗い終えたようだ。

蒼恋は脱衣所で洋服を脱いだものの緊張していた。まだ新婚旅行から一週間ほどしか経っていないが、裸で触れ合うのがとても久しぶりに思える。タオルで前を隠してバスルームに入ると、湯船にいる晃弘がこちらを見つめていた。

「あの、湯加減どう？」

「ちょうどいいよ。蒼恋も早くおいで」

「う、うん……」

しゃがんでシャワーを体にかける蒼恋を、晃弘はまだじっと見ている。

「あんまり、見ないで」

「恥ずかしい？」

「恥ずかしいよ」

「旅行中、あんなにたくさん見せ合ったのに？」

「久しぶりだから……あっち見てて」

「ははっ、わかったよ」

蒼恋が焦っていると、晃弘が楽しそうに笑った。

その後、約束通り晃弘は蒼恋の髪と体を丁寧に洗うと、後ろから抱きしめる形で湯船に浸かる。ちょうどよい温かさにうっとりする蒼恋に、晃弘がぽつぽつと話し始めた。

「ずっと帰りが遅くて、ごめんな」

「ううん、お仕事だもん。それより体は大丈夫？」

「ああ、慣れてるから大丈夫だよ」

「無理しないでね」

晃弘は返事の代わりなのか、蒼恋の頬を撫でた。温かな指が顎まで伸びてくる。

「……俺さ、三年以内に独立したいと思ってるんだ」

「不動産のお仕事？」

「そう。そのために今は人脈を作ってる。資金は名古屋にいる間にだいぶ貯まったんだ。その間で、こっちでのブランクができちゃったから、しばらくは様子見なんだけどな」

「そうだったの」

「俺の目標としては、独立する前に自分の家を建てたい」

「お家を？」

「ああ。いつ家族が増えてもいいようにね」

蒼恋の心臓がどきんとした。家族というのは晃弘と蒼恋の子どものことだ。結婚したのだから当然なのだが、晃弘の口からはっきり言われると面映ゆくなる。

「この家も気に入ってるよ。でも、できれば腰を据えて落ち着いた状態で独立したいんだ」

「晃ちゃん、頑張ってるんだね」

「結婚したからには今まで以上に頑張らないとな」

「私も何かお手伝いできない？」

後ろから抱きしめる晃弘の手に、蒼恋は自分の手を重ねた。

「ありがとう。蒼恋は俺の奥さんでいてくれれば、それでいいんだよ。元気で楽しく、俺のそばで幸せに暮らしていてくれればいい」

「それだけでいいの？」

「心の安定が仕事のモチベーションにつながるからな。蒼恋がいてくれるだけで俺は元気になれるんだ」

「……嬉しい」

「なんか改めてこういうこと言うのって、すごく照れるな」

手を握り合い、ふたりで小さく笑った。

「ただ、目標達成のためには仕事の時間が長くなるし、休みの日にお客さんの契約が入ることも多くて、蒼恋には不満を抱かせるかもしれない。ごめん」

「それは全然心配ないよ。これからのふたりのために晃ちゃんがしてくれてることだもん。……変なことしてたら怒るけど」

「変なことって？」

「浮気とか、きゃっ！」

つぶやいたとたんに、強く抱きしめられた。その拍子にお湯がばしゃんと跳ねて揺れる。

「俺は絶対に浮気しない自信がある」

「……本当に？」

「本当だよ。約束したわけでもないのに四年も我慢できたんだ。この先も心配しなくていい。だから俺を信じて」

「うん、信じる」

蒼恋の言葉を否定する晃弘の強い力が嬉しかった。自信を持っていいのだと、言ってくれているように感じられる。

「でも俺は、ちょっと心配してる」

「何を心配するの？」

「蒼恋が浮気するとは思わないけど、可愛いから男が寄ってきそうで心配」

「えっ！」

「情けないことを言うと……自分が十歳年上っていうのが、ものすごいコンプレックスなんだよ」

「う、嘘……」

「嘘じゃない」

晃弘の意外な言葉が、蒼恋を心底驚かせた。

ずっと憧れていた人がそんなふうに感じているなど、信じられない。

「コンプレックスに思っていたのは私のほうなのに」

「なんで？」

「晃ちゃんに似合うような大人になりたいって、ずっと思っていたから」

「蒼恋は大人だよ。俺のほうが子どもっぽいかもな。手に入れたとたん、蒼恋に誰も近寄らせたくないって思うようになった。意外と自分は独占欲が強かったんだと驚いている」

「晃ちゃん」

蒼恋の動きを封じていた両手が緩められた。その大きな手のひらは移動し、蒼恋の両胸を後ろから優しく包みこむ。

「メシの前に蒼恋を先にもらおうかな」

「晃ちゃんそれ、すごいセリフ」

「俺も自分で言ってて思った」

蒼恋の肩先で晃弘が笑う。思わず蒼恋も噴き出した。

晃弘が蒼恋の体を自分のほうへ向かせ、膝の上に乗せる。

「もらうって、ここで？」

晃弘の首に手を回した蒼恋は彼と視線を合わせ、その瞳に問う。わからないフリをしたが、本当は誘っていた。

「ああ。ここで食べたい。挿れなくてもいいから」

晃弘の瞳が艶を帯びる。背中に触れる晃弘の長い指から、額に浮かぶ汗から、唇より漏れる声から、蒼恋を欲しているのが伝わった。

蒼恋の太もものつけ根がじゅんとする。蒼恋のそこも、晃弘を受け入れたがっていた。

「ダメッて言ったら？」

「いいって言ってくれるまでたくさんキスする。蒼恋の体中に、する」

「あ、ん……っ」

晃弘は蒼恋の首の後ろを掴むと、むさぼるように激しいキスをした。ふたりの体からバリで買ったボディーソープの香りが立ちのぼり、甘い夜を思い出させる。

晃弘の柔らかな舌と唇を味わいながら、蒼恋は頭の隅でぼんやりと考えた。

ふたりのために晃弘が頑張ってくれている。それなのに自分は晃弘のそばにいるだけで本当にいいのだろうか、と。

結婚式から一ヶ月がすぎた、六月中旬の日曜日。梅雨に入ったばかりの今日、愛理たちが家に遊びにくる予定だ。

晃弘を送り出した蒼恋は、急いでリビングを片づけ始めた。つけっぱなしのテレビを消そうとして、番組に目がいく。

『本日は住んでみたい街として人気のエリアにやってまいりました。素敵な中古物件をご紹介いたします』

見たことのある俳優がレポーターとなり、大きなマンションに入っていく。物件を紹介する業者も一緒だ。晃弘もこんな感じで物件を紹介しているのだろうか。

『モダンで素敵なインテリアですね～。中古物件の内見時にこのような家具が置いてあるのは珍しいのではないですか？』

レポーターが感想を言う。彼の言葉通り、よくある間取りのマンションの一室だが雰囲気がいい。センスのよい家具が配置されているせいだ。

『実際に住んでみたらどのようになるのかを、お客様にわかりやすくご提案しております』

業者がにっこり笑って説明した。

『なるほど。これだと生活のイメージが湧きやすいですね』

『このようにインテリアのご提案をすることをホームステージングと言います。弊社はホームステージングを行っている会社と提携しておりますので、このような形で様々なスタイルを実際に見ていただくことができるんですよ』

『素敵なインテリアになっていると、今すぐにでも住みたくなっちゃいますもんね。中古物件とはとても思えません』

『ハハハ、それが狙いなんですよ』

業者は部屋を案内していく。その物件ではキッチンやバスルームに至るまで、家具だけではなく細々したものが置いてあった。何も置いていないときの画像と比べると段違いにいい。

「ホームステージング……」

蒼恋はからっぽの部屋が生まれ変わる様子に興味を惹かれたが、コマーシャルに変わったところで我に返る。

「あ、見てる場合じゃない。お掃除しなくちゃ」

テレビの電源を消してその場を離れた。

昼前、家のインターフォンが鳴り、蒼恋は急いでドアを開ける。空は曇りだが、雨は降っていないようだ。

「いらっしゃい」

「お邪魔しまーす」

愛理、唯香、礼奈と三人笑顔で並んでいる。みんな、元気そうだ。

「新婚さんのお部屋だ！　いかがわしい匂いがする」

「あやからせてもらおう。私もイケメンと結婚できますように」

「礼奈、目が真剣すぎだよ」

部屋に入るなり手を合わせて拝む礼奈に唯香が突っこむ。

「そんなご利益ないよ、礼奈」

笑いながら蒼恋が礼奈の肩を叩くと、お返しとばかりに背中をパンと叩かれた。

「え～。でも、蒼恋の幸せオーラが半端ないよ？」

「えっ、そ、そうかな？」

「そうだよ。安心した」

結婚式にきてもらったばかりだが、みんなと会うのはずいぶん久しぶりのような気がする。結婚式のあとに新婚旅行、そして新しい生活と、この一ヶ月はとてつもなく忙しかったせいだろう。

ダイニングテーブルに着いた彼女たちへ麦茶を入れたグラスを配る。蒼恋も椅子に座り、改めて挨拶をした。

「結婚式のときは、本当にありがとうございました」

「こちらこそ。楽しかったね」

「うん、いい式だったよ」

麦茶で乾杯をする。新婚旅行のお土産（みやげ）を渡したあと、それぞれの近況を聞いた。蒼恋以外の三人は就職して二ヶ月半になるところだ。

「ところで愛理、少し痩（や）せたんじゃない？」

「……わかる？」

心配そうに尋ねる唯香に、愛理はため息をついた。

「仕事大変なの？　お局様（つぼねさま）が意地悪とか？」

「違う、違う。四十近い女性の先輩がいるんだけどね、その人はすごくいい人なの。最初は怖そうだと思ってたんだけど、しっかり教えてくれるし、本当の大人なんだ。注意してくださってありがとうございますって、素直に思える」

「じゃあ誰？　課長とか部長？」

他のふたりと同じように蒼恋も身を乗り出して、愛理の話に耳を傾けた。自分の知らない世界の話をする友人が大人っぽく見える。

　愛理は首を横に振り、麦茶を飲んだ。

「ふたつ年上の先輩に、いちいちマウント取られて疲れるったらないの。綺麗な人なんだけど、細かいことで張り合って必ず自分が上だってアピールしてくる。早く仕事を覚えたいのに全部嫌味で返されるし……毎日胃が痛いよ」

「それいやだよね。うちの会社にもいるよ、そういう人」

　わかるわかる、と唯香と礼奈がうなずいた。蒼恋は三人の顔を黙って順に見つめる。みんなのように「わかる」とは言えなかった。

「でも、さっき話した大人な先輩のおかげで、どうにか五月病にはならなかったんだ。ってごめん、いきなり愚痴っちゃって。みんなはどう？」

「別の部署にイケメンで仕事もできて、いい感じの人がいたよ」

　何それ！　と、唯香が礼奈の話に食いつく。

「その人、彼女いるの？」

「彼女どころか……結婚してたわ」

　あー……と、蒼恋以外のふたりが肩を落とした。

「イイ男は売れるのが早いって本当なのね」

「何歳の人？」

「晃ちゃんと同じくらいだよ。確か三十一か、二くらいだったと思う」

蒼恋の質問に礼奈がにこっと笑う。

晃弘と同じくらいの年、という言葉に、蒼恋の胸がもやもやした。

「それくらいの男の人っていいよね。落ち着いてるし、仕事できるし、会社でそばにいてくれるだけで安心する」

「同期の男の子とか頼りなさすぎるもんね」

「そりゃそうだよ。私たちと同じ新人なんだから」

「あ、そっか」

三人の笑い声を聞きながら、蒼恋はグラスを両手で握った。知らないうちに力が入っていたかもしれない。

「結婚してても……素敵だって思う？」

つぶやいた蒼恋を彼女たちが振り向く。

「それはまぁ、そうだね。イケメンはイケメンだし」

「もしかして蒼恋、晃ちゃんのことを心配してるの？」

「……わからない」

晃弘とは関係ない人の話なのに、蒼恋の心に不安が広がった。

「晃ちゃんは大丈夫だよ。蒼恋にデレデレだったじゃん」

「二次会のときなんて、ずっと蒼恋のことばっかり見てたよね、晃ちゃん」

「そうそう。これなら大丈夫って安心したよ」

それでもうつむいてしまった蒼恋に、三人が申し訳なさそうな表情をした。

「私たち、前に相談されたとき、晃ちゃんが蒼恋のことを子どもっぽいと思ってるなんて言ってごめん」

「え？」

「晃ちゃんが手を出さなかったのは、蒼恋を何よりも大切にしてたからなんだよね」

「私もごめん。急に結婚が決まったから、晃ちゃんに何か急ぐ事情があるのかもしれないって、蒼恋が心配になっちゃって……」

「私も、ついムキになったと思う。蒼恋、ごめんね」

「ううん、気にしてないよ。みんなが私のために心配してくれたのはわかってる。ありがとう」

自分を思ってのことだ。みんなが謝ることはない。

「新婚旅行、うまくいったんだよね？」

「うん。……ラブラブだったからご心配なく」

蒼恋が笑顔を見せると、三人は顔を見合わせた。

「あーこっちの顔がほてるわ、もう」

「どんなにラブラブだったのか詳しく聞かせてよね」

「いいなぁ、私も早く奥さんしたい」

「そう、それで仕事を辞めたい！」

「仕事辞めるのは早すぎだって」

　あははとみんなで笑い合う。蒼恋は久しぶりに肩の力が抜けた気がした。

　昼食を食べ、たくさんおしゃべりをしているうちに時間は瞬(またた)く間にすぎていった。

　代官山の駅までみんなを送った蒼恋は、夕暮れのなか家路をたどる。

　道の脇に、ぽつんと紫陽花(あじさい)がひとつだけ咲いているのを見つけた。呑気なカラスの鳴き声が届く。どこかの家からピアノの練習曲が流れていた。なんでもない光景なのに、それらが蒼恋を感傷的にさせる。

　三人と話してとても楽しかった。気が置けない友人といるのは安心する。

　なのに、蒼恋の心に引っかかるものがあった。それは自分だけ立場が違うこと。新人として働く友人たちは大変そうなのに、それをうらやましく感じる自分がいる。

（お仕事してるみんなが、すごく輝いて見えた）

　蒼恋の夢は「晃弘のお嫁さん」。

　幸せなことに夢は叶った。では、その次は……？

「いい奥さんすること、だよね」

晃弘のそばにいて、彼をしっかり支える。それ以上に何を望むというのだろう。幸せすぎて欲張りになっているのかもしれない。

蒼恋はオレンジ色の空を見上げ、小さくため息を零(こぼ)した。

結婚して三ヶ月が経った八月末。真夏の夕暮れどき。

晃弘から急な連絡があった。どうやら、蒼恋に頼みたいことがあるらしい。しばらくのち、彼が家に車を置きに帰ってくる。支度を終えて待っていた蒼恋は、晃弘とともに電車に乗った。行き先は青山だ。

「急にごめんな」

「ううん、大丈夫。それより私、変じゃない？　こういう格好でいいのかな？」

デコルテがシフォン使いのワンピースは、午前中、晃弘の電話を受けたあとに急いで買ってきたものだ。

「よく似合ってるよ。最高に綺麗だ」

「あ、ありがとう」

こんな場所でそんなふうに言われてしまうと、いつも以上に照れてしまう。

「混んできたな。こっちにおいで」

「うん」

晃弘に腕を取られた蒼恋は車内の奥へ進む。帰宅ラッシュの時間だ。人がどんどん乗りこんでくる。

昨日、晃弘の会社の吉川社長がゴルフで腰を痛めてしまったのだ。そのため、社長が招かれていたパーティーに急きょ晃弘が代理で参加することになった。大地主で自ら不動産会社を経営している社長、米沢の誕生日会だという。晃弘は米沢と一度だけ会ったことがあるので、選ばれたらしい。

晃弘は吉川社長に、ぜひ奥さんも連れていきなさいと言われ、慌てて蒼恋に電話をしてきたのだった。

「晃ちゃん、これ素敵だね」

蒼恋は小声で言いながら彼の胸もとに指で触れる。

「さっき急いで買ってきたんだ。ネクタイくらいは新しくしないとな」

「私は向こうで、どうしていればいいの？」

「俺のそばにいて、知り合いに会ったら一緒に挨拶してくれれば助かる」

「わかった」

駅から夜道を歩いて到着した場所は、蒼恋が想像していた誕生パーティー会場とはほど遠いものだった。

一軒家を貸し切りと聞いていたが、個人の家とは思えないくらいに広く豪奢な建物である。これならば大人数の結婚披露宴も余裕でできそうだ。

廊下の端には小さなキャンドルが置かれ、仄かに照らされた大理石の床が美しい。キャンドルは入り口から奥まで、ずっと続いていた。

大広間に近づくにつれ、落ち着いたジャズが聴こえてくる。靴音を鳴らして進むと、ひらけた場所に到着した。

「わぁ、素敵ね……！」

「結構集まってるな」

中庭に面したホールは、すでにたくさんの人でいっぱいだ。壁際にずらりと椅子が並び、ホールの真ん中の長テーブルに料理が用意されている。

「米沢さんはいろんな業者とつき合いがあるんだ。これだけの人にお祝いされる人も珍しいよ」

蒼恋はエスコートしてくれる晃弘の腕をぎゅっと掴んだ。

「緊張して胃が痛い……」

「いやな思いはさせないから安心して」

「私、晃ちゃんの奥さんとして、ちゃんとできるかな」

「蒼恋は大丈夫だよ。自信持って」

「はい」

優しい声に励まされた蒼恋は、ぴんと背筋を伸ばした。

司会の進行で会が始まる。今日の主役である米沢が挨拶をした。スーツを着た恰幅のいい男性だ。年齢は五十三歳だという。

乾杯後、晃弘に連れられて米沢のそばにいく。

「ご無沙汰しております、吉川不動産の野田です。本日はおめでとうございます」

「吉川君のところの野田君か！　久しぶりだね、わざわざありがとう」

振り向いた米沢は、嬉しそうに目じりに皺を寄せた。

「吉川は体調を崩しまして、私が代理で参りました」

「連絡をもらってますよ。またゴルフで張り切りすぎたそうで。今度吉川君に会ったときには、お互い年なんだから無理をするなと言っておかなくちゃな」

はははは！　と豪快に笑う米沢は優しそうな人物だ。それにしても漂わせているオーラがすごい。

「申し訳ありません」

「君が謝ることはないさ。そちらは？」

「私の妻です」

晃弘にそっと背中を触られた蒼恋は、丁寧にお辞儀をした。

「初めまして。野田蒼恋と申します。本日はお誕生日、おめでとうございます」

「奥様ですか。こんなところまで引っ張り出してしまって申し訳ないね。どうもありがとう」

「いえ、そんな……！」

どう答えていいかわからず焦(あせ)っていると、米沢は晃弘に微笑んだ。

「可愛い奥さんじゃないか」

「ありがとうございます」

「吉川君は野田君のことをかなり気に入っているんだね。今日も花を贈ってくれたのだからそれだけでいいと言ったんだ。だが、野田君とその奥さんまで寄越すなんて、よほど君を自慢したいんだろうなぁ」

「いえ、そんなことは」

吉川社長が晃弘を可愛がっているのは披露宴でのスピーチからも伝わってきた。心がほっこりする印象的なスピーチだったのだ。

「吉川君は、君が独立するなら協力してやりたいと言っていたよ。何か困ったことがあったら私にも声をかけなさい。この業界はつながりが全てだと言っても過言ではないから」

「ありがとうございます……！」

「奥さんもよろしくね」

「はい。ありがとうございます」

　ふたりはお辞儀をして、米沢から離れた。蒼恋たちのあとに米沢を祝うたくさんの人が控えている。

「晃ちゃん、すごいのね。あんなことを言われるなんて」

「吉川社長がいい人なんだよ。俺は何もたいしたことはしてない。でも」

「でも？」

「嬉しかった。期待に応（こた）えられるよう、頑張らなくちゃな」

　はにかんだ晃弘の表情が、未来を見据（みす）えるしっかりとしたものに変わる。仕事に向かう男の顔は、蒼恋をときめかせた。

「蒼恋ありがとうな。しっかり挨拶できてたよ」

「よかった。すごく緊張しちゃったの」

　その後、軽く食事をとりながら、蒼恋は晃弘にたくさんの人を紹介され、挨拶を交わした。彼にそんなつもりはないのだろうが、妻として自分の振る舞いが重要なのだと自覚させられる。

　途中、晃弘に耳打ちされた。

「ごめん蒼恋。少しだけ離れててもいいか？」

「うん、大丈夫」

「すぐに戻るから、好きなの食べてて」

「はい」

晃弘は離れた場所にいる男性に声をかけにいった。次々に違う場所に移動しているので、蒼恋を連れて歩くのは大変だと判断したのかもしれない。

「これ、おいしそう」

蒼恋は壁際のスイーツが並ぶ場所に移動した。

ひと口サイズに切られたケーキやタルトにプリン、カラフルなマカロン、瑞々しいフルーツがたくさん盛られている。そのなかから艶のある苺のショートケーキを皿にのせた。

「こんばんは」

ふいに挨拶の声をかけられ、慌てて振り向く。するとそこには、フリルのたくさんついたブラウスと黒いパンツを穿いた、綺麗な女性がいた。

「……？　こんばんは」

もちろん知らない人だ。晃弘より少し上くらいの年だろうか。大きく巻いた髪が印象的である。

「あなたが野田くんの奥様？」

「はい、そうです。あなたは――」

どちら様でしょうかとたずねる前に、女性がずいっと近づいてくる。

「このっ！」

「えっ」

上げられた手に攻撃されるのかと思った蒼恋は咄嗟に身がまえた。だが、女性は目を見ひらいて、なぜか蒼恋の顔を指さしている。

「つるっつるのお肌っ！　皺もシミもなく、くすみ知らずのっ！　髪も水分たっぷりでつやっつやじゃないのっ！　なんなのこの若い奥さんは！」

彼女の指は蒼恋の顎に触れ、上を向かせた。何がなんだかわからない蒼恋は、されるがままである。

「天然の長いまつ毛。瞳は大きく濁りもない。ぷるぷるの唇が……おいしそうだわ」

「あ、あの」

「キスしていい？」

「へっ？」

悲鳴を上げるのを我慢し、蒼恋は彼女から距離を取った。持っていた皿を握りしめる。

「わっ、私には、あのっ、おっ、夫がいるんです！　夫が――」

「冗談よお～。真っ赤になっちゃって、か～わいい！」

あはは、と女性が楽しげに笑った。

（じょ、冗談？　には全然見えなかったんですけど！）

「しかたないわよね。こんなに可愛い奥さんもらうんじゃ……うん」

女性は急に真面目な顔をして話を続ける。

「私、野田くんと名古屋で一緒に仕事をしていた、多野蔵（たのくら）と申します」

「あ、そうだったんですか！　野田蒼恋と申します」

お辞儀をした蒼恋に、多野蔵がうふふと笑う。

「五年前、名古屋に新店舗ができてね。野田くんが助っ人にきてくれたの」

晃弘が名古屋にいく前に、彼から聞いた話と同じだ。

「野田くんのせいで女性陣はみんな、浮き立っちゃってねえ。東京からきた独身くんでしょ？　それに加えて仕事はできるわ、イケメンだわで、みんな野田くんのことを狙ってたのよ」

「えっ⁉」

「それなのに、いつまで経っても誰とも噂が立たないものだから、きっと東京に素敵な彼女がいるんだろうって話になったの。本人に聞いても、のらりくらりとかわされちゃうから、よっぽど知られたくない女性なのかしらってね。私の誘いにすら全く靡（なび）かなかったんだから、あの男」

多野蔵がちっと舌打ちをした。

……晃弘を、誘った？

「今わかったわ。こんなに若くて可愛らしい彼女がいたんじゃ、私たちなんて眼中にないのも、しかたがないわね」

多野蔵は苦笑して、持っていたシャンパンに口をつけた。

「ところで奥さん、おいくつなの？」

「二十二です」

「ちょっ、もしかして大学卒業したて？」

「はい」

「だからそんなにつるつるなのね。……って、待って。ということは、野田くん、あなたの卒業を待って結婚したの？　そういうことなのね？」

興奮気味の多野蔵はシャンパンを一気に飲み干した。グラスに半分は入っていたようだが、イケる口なのだろう。

「えっと、そういう感じでしょうか」

「くうう……」

多野蔵はふらりと上体を揺らし、額（ひたい）を押さえた。

「ど、どうしました？」

心配して寄り添う蒼恋の手を「大丈夫よ」と多野蔵が優しく握る。

「まぶしくて倒れそうだわ……いいわ、いいわね。……あなた、お仕事は？」

「何もしていないので専業主婦で、わっ」

言い終わる前に多野蔵に肩をがしっと掴まれた。今度こそ何かをされるのかと思い、蒼恋は身を縮ませる。怯む蒼恋に多野蔵の顔が近づいた。

「いい？　そのままお家にいて、野田くんに毎日可愛がってもらうのよ？　いらない苦労を背負いこむことなんかないわ。どんなに仕事ができてもね、ほんっと社会は女に厳しいからっ！」

多野蔵は、ここから離れたところにいる彼女の上司と思われる男性を、ぎっと睨んだ。蒼恋はその男性をどこかで見たことがある気がした。

「わかったわね？」

「は、はぁ」

「お話し中のところ、失礼します」

後ろからぽんと肩を叩かれた。知っている感触と声だ。蒼恋の緊張がほどける。

「あら野田くん」

「ご無沙汰しています。お元気そうですね、多野蔵さん」

「お久しぶりね。ご結婚おめでとう。素敵な奥さんじゃないの」

「ありがとうございます。いつの間にか妻と話をしているから驚きましたよ」

ね、と晃弘が蒼恋に笑いかけた。蒼恋はさっきから晃弘が使う「妻」の言葉にドキドキしっぱなしである。

「ところで野田くん。なんで私たちを結婚式に呼んでくれなかったのよ」

「さすがに遠いのでお呼びするのはかえって申し訳ないかと。部長にはきていただいたんですが」

「その部長には挨拶したの？　あっちにいるわよ」

「はい。今ちょうど会えたので」

蒼恋はなるほどと思った。多野蔵が睨んでいた男性に見覚えがあったのは、晃弘の上司として結婚式に招待した人物だったからだ。

「それにしても、ずいぶんとしまりのない顔してるわよねえ」

多野蔵は晃弘の顔を正面から見据えた。

「新婚ですから。毎日ラブラブなので顔もニヤけますよ」

「ふん、ひらき直っちゃって。大事にしなさいよね、可愛い奥さん」

「はい、もちろんそのつもりです。あ、部長」

手を振りながらこちらへ近づいてきた部長に、蒼恋はお辞儀をした。

「ご無沙汰しております。結婚式では本当にありがとうございました」

「こちらこそお招きいただき、ありがとうございました。いい式だったね」

蒼恋に優しく笑った部長は、多野蔵に向き直る。

「何やらさっき、ひどい悪寒がしてね。風邪でも引いたかな？　多野蔵くんの強烈な視線を感じたんだが」

どうやらさきほどの多野蔵の睨みがバレていたようだ。

「幻覚ですよ。それよりも、お風邪でしたら早くお帰りになられたほうがよろしいのでは？」

「君はまたそうやって私を邪魔者にして」

「被害妄想はよろしくありませんわよ、部長。じゃあね、野田くん。奥様も」

澄ました顔で返事をした多野蔵は、部長を連れてその場を去った。蒼恋のとなりで晃弘がクスクス笑っている。

「多野蔵さんは相変わらずだな」

「素敵な人ね」

蒼恋は晃弘の手から新しいシャンパンを受け取った。

「最初は厳しくて怖かったが、いい先輩だよ。仕事がすさまじくできる人だね。酒が入るとちょっとヤバいんだけど」

「……そう」

誘惑されたんでしょ？　と、この場では聞けなかった。

蒼恋は晃弘が仕事で使う顔を初めて見たのだ。言葉遣いも、立ち居振る舞いも、知らない人のように思えた。そして、そういう晃弘の姿を知っている人たちがいる。蒼恋が知らない、知ることのない、名古屋での晃弘のことも。

ふと、愛理たちが家にきたときの不安がぶり返す。

（晃ちゃんって、モテるんだ。奥さんがいても関係なく迫られたらどうしよう）

蒼恋はショートケーキの苺を口にする。甘そうに見えた苺は酸っぱい。蒼恋は泣きたい気持ちと一緒に、その苺をシャンパンで流しこんだ。

パーティーは無事に終わった。代官山の駅で降り、家に向かう。路地裏にふたりの靴音が響き、あたりは真夏の夜独特の蒸し暑さが漂っている。

「今日はありがとう、蒼恋」

「晃ちゃんこそ、お疲れさまでした。こういうパーティーって、よくあるの？」

「いや、滅多にないよ。もっと上の立場になれば、いろいろ誘われるんだろうけどね」

つないでいた手を晃弘が離す。どうしたのかと彼を見上げた蒼恋は、肩を抱かれた。

「さっき、多野蔵さんと何を話してたんだ？」

「えっ」

「俺の変な噂とか、そういうのを吹きこまれてたんじゃないかと思って」

苦笑した彼は、蒼恋の肩を強く抱いたまま歩き始めた。このタイミングなら、と思う蒼恋は胸に詰まっていたことを口にする。

「晃ちゃんが……名古屋でモテてたって聞いた」

「別にモテてないよ」

「嘘。多野蔵さんに誘惑されたんでしょ？」

「ははっ、そんなこと言ってたのか、あの人」

「そんなことじゃないもん」

明かりの灯るカフェの前を通りすぎると、ドアに closed のプレートが下がっていた。とても静かな夜だ。

「誘惑というか、食事に誘われて飲みにいったことはあるよ」

「それで？」

「それで……帰りたくないって言われたけど、その場で丁重にお断りさせてもらった。もう昔の話だし、気にしなくていいよ」

蒼恋の手を強く握った晃弘は、歩く速度を緩めた。

「もしかして蒼恋、妬いてる？」

「……少しだけ」

「名古屋にいく前……あのバレンタインのときから蒼恋ひと筋だよ、俺は」

「本当に？」

「本当。嘘ついたってしかたがないだろ？　大好きだよ、蒼恋」

「あ」

ふいに立ち止まった晃弘に、両手で抱きしめられた。彼はスーツのジャケットを脱いで手にしていたから、蒼恋の顔は彼のワイシャツに押しつけられている。

「誰かきちゃうよ、晃ちゃん」

晃弘の体温を感じながら、蒼恋は焦った。

「こないよ」

「でも」

「……帰ったらすぐ、いい？」

晃弘の吐息が蒼恋の耳もとをくすぐる。耳から背中、お腹の下まで甘い期待が駆け抜けていく。

「いいって、何を……？」

「蒼恋を抱きたい」

「すぐは、いや」

「なんで？」

「だって、明日の朝ごはんの準備があるし」

「明日は休みなんだから、外で食えばいいよ。俺が作ったっていい」

「それじゃあ、ダメ主婦になっちゃう」

抵抗する蒼恋に、晃弘がクスッと笑った。

「ダメなんてことないよ。毎日よく頑張ってるじゃないか」

「だっていきなり寝坊しちゃう奥さんだよ?」

「寝坊は初日だけだろ? うまい弁当を作ってくれる、家のなかは綺麗で気持ちがいい、いつも笑顔で送り出してくれる、帰れば嬉しそうに出迎えてくれる。十分花丸じゃないか」

「晃ちゃん」

「だからたまには息抜きすればいい。飛ばしすぎると、そのうちダウンするぞ?」

「……いいの?」

「いいよ。だから今夜は俺の言うことをきいて、甘えてなさい」

「はい」

晃弘の言い方がおかしくて笑うと、彼も蒼恋を解放して笑った。

結局、晃弘の要望通り、家に帰るとすぐに蒼恋は抱かれてしまった。晃弘にたっぷり感じさせられ、甘やかされ、時間をかけて愛される。そうして蒼恋の不安は取り除かれていった。

けれど、寝息を立てる晃弘の腕のなかで、考える。

優しく素敵な年上の幼なじみ。晃弘は蒼恋の憧れの人。名古屋で女性社員たちに人気があったのに、自分のために誰も寄せつけないでいてくれた。知らないところで蒼恋の幸せは始まっていたのだ。

だから、晃弘が蒼恋を思ってくれるように、自分も彼のことを思ってあげたい——

蒼恋は目を閉じ、晃弘の呼吸と自分の呼吸を合わせた。

遅く起きた翌日、散歩をしながら見つけたカフェを訪れた。

「いい店だな」

「そうね」

席に着いて、ふたりはあたりを見回す。

広々としたカフェは離れたところにカップルがいるだけだ。今日は平日で、昼前のカフェは空いている。

昨夜、晃弘の愛情は確認できた。

だがその一方で、パーティーの際に出会った多野蔵や愛理たちのことを思い出すたびに、取り残されたような気持ちになるのは否めない。

蒼恋は自分なりにその気持ちを分析した。その結果、晃弘に大人っぽく見られたいからではないか、という結論に達する。

以前も蒼恋は、普段着ることのない背のびをした服を購入したり、髪をまとめてみたり、大胆な下着をつけたりしてみたことはあった。

晃弘は喜びつつも、蒼恋はそのままでいいと言う。結局蒼恋は自分の気持ちと行動がちぐはぐに思えて、これらのことをすぐにやめた。

（そういうんじゃないんだよね。見かけだけ大人っぽくしてもしかたがないんだ。だから本当は私――）

「お待たせしました。カフェオレがおふたつと、サーモンのオープンサンド、生ハムのベーグルサンドになります」

店員が置いたカフェオレの香りがテーブルを満たす。

愛理たちが家に遊びにきたときに感じた「彼女たちをうらやましい」と思う感情。いつか晃弘の周りにいるような、仕事のできる魅力的な女性たちに負けてしまうのでは、などという考え。それらが蒼恋にのしかかる。

晃弘の気持ちを疑っているわけではない。ただ、社会に出ていないことで自信が持てない自分がいるのだ。そう思うと同時に、一度は外で働いてみたいという気持ちが湧き上がっていた。

それに、このままでは晃弘の独立を手助けすることができない。彼に見合う妻になりたいのに……

（そうだよ。目をそらしていないで自分の気持ちを認めよう）

「うまいな。蒼恋のは？」

晃弘がオープンサンドにかぶりついた。

「……うん」

晃弘の奥さんとして、しっかりやっていくこと。それは基本だ。そしていつか独立した晃弘のそばで、なんでもいいから彼の手伝いがしたい。彼の役に立つことができれば――

「どうした？」

「あ、おいしいよ！　ひと口食べる？」

「うん、ちょうだい」

大きな口を開けた晃弘にベーグルを食べさせる。

「ねえ、晃ちゃん。相談があるんだけど……いい？」

蒼恋は認めた自分の気持ちを、晃弘に伝えることに決めた。

「ああ、どうした？」

「私、外に出て働いてもいいかな」

「え!?」

意外だったのだろう。晃弘はオープンサンドを食べる手を止めた。

「急にごめんなさい」

「いや、いいんだよ。なんの仕事がしたいんだ？」

「まだ何も決まってないの。ただ、働いてみたいなと思って」

「もしかして……金が足りないのか？」

「ううん！　全然そんなことはないの。たくさん貯金ができるくらい余裕だよ」

晃弘は家に一定の生活費を入れ、残りは独立するための資金として貯めていた。その生活費で、蒼恋が働かなくとも十分すぎるくらいに生活はできているのだ。

「私、本当は会社に入って事務職に就くはずだったのに、就職そのものがダメになっちゃったじゃない？」

「ああ、そうだったな」

「今、晃ちゃんのお嫁さんになって本当に本当に幸せなの。なんだけど……」

「うん、いいよ。続けて蒼恋」

言いよどむ蒼恋に、晃弘が真剣なまなざしを向ける。

「一度はそういう仕事というか、会社に入って働いてみたいと思って。家のことはちゃんとやりたいからパートでいいの。知らない世界を見て、それで――」

「それで？」

「う、ううん」

晃弘に見合う女性になりたい。喉まで出かかった言葉を蒼恋は呑みこむ。自信のない自分を晃弘に知られるのは恥ずかしく、少しだけ怖かった。

上目遣いでうかがうと、晃弘はにっこりと笑って、口をひらく。

「いいと思うよ」

「本当に？」

「前にも言っただろ？　蒼恋がやってみたいことに反対はしない、むしろ応援するって」

「うん、ありがとう」

「ちょうどいいと言えばいいのかな」

「ちょうどいい？」

晃弘がカフェオレを飲んだ。緊張で喉が渇いてしまった蒼恋は、グラスの水を口にする。

「実は、うちの会社のパートさんが予定より早めに産休を取ることになったんだ。それで人を探していて、社長に『野田君の奥さんはどう？』って聞かれてたんだよ。蒼恋はまだ新しい生活が始まったばかりで大変だろうから、断ろうと思ってたんだ」

「私がパートに……」

「産休の人の代わりだから三ヶ月だけだけど。週三日から四日で、受付と電話応対、パソコンの入力作業が主な仕事になる。蒼恋にやる気があるなら、すぐにでも社長に返事をするよ」

晃弘の仕事をきちんと知るためには、同じ会社で働くことは近道ではないか。蒼恋は晃弘の申し出に飛びついた。

「私、そのお仕事をやってみたい！」

「そうか。じゃあ社長に言っておく」

「でも晃ちゃんはいやじゃない？　私が同じ場所で働くの」

「俺はいやじゃないよ。蒼恋が目の届くところにいてくれたほうが、俺も安心だし」

「……また、保護者みたいなこと言ってる」

「保護者じゃなくて夫として心配なの」

珍しく晃弘がむくれた。

保護者と夫の心配事に違いがあるのか聞いてみようかと思ったが、晃弘が話を続ける様子だったので蒼恋はベーグルを食べる。晃弘に心のうちを話すまでは味がよくわからなかったが、クリームチーズと生ハムの塩気が絶妙でおいしい。

「多分、蒼恋に決まるとは思うけど、ダメだったらごめんな？」

「ううん。でももし働けることになったら私、一生懸命頑張るね。家事もしっかりやります」

「無理はするなよ？」

「ありがとう、晃ちゃん」

「ああ。頑張れ」

「うん！」

　嬉しい気持ちのまま、蒼恋は残りのベーグルを頬張った。

　そして翌週。問題なく勤めることになった蒼恋は、会社の朝礼というものに初めて参加した。

「大野（おおの）さんの代わりに、三ヶ月だけきてもらうことになった野田蒼恋さんだ」

「野田蒼恋と申します」

　吉川社長に紹介された蒼恋は、みんなの前でお辞儀をした。緊張で心臓がバクバク言っている。

「野田さんは、営業の野田君の奥さんだ。野田君から、よけいな気を使わずに野田さんと接してほしいと言われている。しっかり働いてもらってください」

「いつも主人がお世話になっております。ご迷惑をおかけしないよう精いっぱい頑張りますので、ご指導のほど、よろしくお願いいたします」

蒼恋がもう一度お辞儀をすると、社員やパートの女性たちも「よろしくお願いします」と挨拶をした。晃弘は出社前に客との約束があり、直行でそちらへいっていて今はいない。

吉川社長は五十二歳。気さくで温和なタイプに見えるが、晃弘の話だと業界では相当なやり手だという。社長は蒼恋がきたことをとても喜んでくれた。

「吉川不動産」本社は、吉川社長と男性社員が八人、パートの女性が三人の構成だ。都内に五店、名古屋、神奈川、大阪、京都、仙台、福岡、ハワイにそれぞれ支店を持つ。

会社は池尻大橋の駅から徒歩二分の場所にある。オフィスビルの一角に店舗を構え、一階で接客と事務作業を行っていて、二階は社長室、賃貸と売買の営業部に分かれていた。

「電話と受付の対応は明日からでいいからね」

「はいっ！」

パソコンの前でパートの杉本に入力作業を教わりながら、蒼恋は元気よく返事をした。

「肩の力抜いて。そんなに怖い顔をしてたら、お客さんが逃げちゃうわよ？」

「すっ、すみません！」

「ふふ、可愛い」

もうひとりのパート、寺田がクスクスと笑う。

女性社員はおらず、産休の女性以外のパートのふたりも結婚している。そのことに蒼恋はホッとしていた。

結婚していても素敵な人は素敵だ、と言っていた愛理たちの言葉がずっと胸に引っかかっていたからだ。

晃弘は二階の売買営業部にいるため、蒼恋と接する時間は少なかった。一階に下りてくるのは接客と、物件の内見や営業で外出するときくらいだ。

残念ではないといえば嘘になるが、このほうがかえって仕事がしやすい。周りのみんなも気遣いをせずにすむだろう。

初日の今日、蒼恋は寺田と一緒に、五時で仕事を上がることになった。杉本の勤務時間は六時までらしい。彼女らはシフトを組み、午前十時から夜六時までの時間に勤務していた。

「大丈夫？　続きそう？」

更衣室で着替えながら、寺田が蒼恋に問う。寺田はふっくらとした優しい雰囲気の女性だ。小学生の子どもがふたりいるという。

「あ、はい。なんとか大丈夫そうです。いろいろとありがとうございました」

よかった、と寺田がうなずく。

「あの、先日は結婚のお祝いをいただきまして、ありがとうございました」

結婚式には呼んでいないパートの三人から、結婚祝いとして和食器をもらっていた。使いやすくセンスのいいものだ。

「こちらこそ丁寧なお祝い返しまでいただいちゃって、ありがとうございました。あと、バリの素敵なお土産(みやげ)も。あのエッセンシャルオイル、とてもいい香りね。毎日使ってるわ」

「気に入っていただけてよかったです」

顔を見合わせて笑う。素早く着替え終わった寺田が、バッグから化粧ポーチを取り出した。蒼恋も急いで私服に着替え、ポーチを取り出す。

「野田さん……旦那さんのほうね？」

「はい」

「私たちにお土産(みやげ)をくれたとき、奥さんの話をしながらデレデレだったのよ。よっぽどあなたが可愛いのね」

「えっ!?」

手にしたリップクリームを落としそうになる。

「あのいつもクールな野田さんが意外だって、みんなで驚いてたんだから」

「クール、なんですか？」

「もしかして、おうちでは違うの？」

寺田が驚いた表情でこちらを見た。

晃弘は蒼恋が幼いころからいつも優しく、笑顔で接してくれた。それは今でも変わらない。

穏やかではあるが、クールというイメージではないのだ。

そういえば晃弘が怒った顔も見たことがなかった。蒼恋を求める真剣な表情であれば知っているが。

「え、ええと……そうですね。クールではないかな、と」

あらやだ！　と杉本が小さな声を上げた。

「野田さんってね、普段からよけいなことは絶対に言わないの。私たちとベラベラおしゃべりすることもないのよね」

「そうなんですか？」

「そこが野田さんのいいところなんだけどね。だからあの秘めた感じの裏側を、奥さんにはぶつけてるのかしら。もしかしたら、激しく嫉妬しちゃうとか」

「嫉妬なんて、そんなこと全然ないです。私が焼きもちを焼くことはありますけど……」

晃弘がモテることとは、名古屋支店の多野蔵から聞いて知っている。蒼恋がそれを嫉妬したことはあった。

だが、晃弘が激しく妬くようなことはあり得ない。そもそも蒼恋には、晃弘以外に親しくしている男性などいないのだ。

新婚旅行中、「蒼恋に告白してきた男に妬いた」というようなことを言っていたが、蒼恋の焼きもちと比べれば嫉妬のうちに入らない。

ずっと晃弘に片思いをしてきた蒼恋は頑なにそう思っている。

「新婚さんだしね。まだ甘々よね、ふふ」

笑う寺田とともに更衣室を出た。杉本と明日の連絡事項を確認し、会社を出る。

「それじゃあここで。お疲れさまでした」

「お疲れさまでした。明日もよろしくお願いします」

手を振り合い、駅で別れる。みんな、いい人そうでよかった。

代官山の駅を出ると、あたりはすっかり夕暮れだ。どこかで、カァとカラスが鳴く。

晃弘は今ごろどうしているだろう。

男性社員は客の案内、大家への挨拶、銀行での契約など、会社にいる時間はまちまちだった。そして早帰りのパートが帰る時間になると、男性社員がひとり、一階に下りてくる。パートが全員帰ったあと、業務が終わるまでそこにいるらしい。一階にくる男性社員は毎日交代だという話なので、いつか蒼恋と晃弘がふたりになることがあるかもしれない。

「それにしても……疲れた」

肩をさすりながら家路を急ぐ。

とはいえ、まだまだこんなのは序の口だ。任されるはずの仕事量の半分にも満たないだろう。明日からは電話に出なければならないし、客の対応もしなければならない。

「頑張ろう！」

蒼恋は気合を入れて家に向かった。

蒼恋が仕事を始めてから、二週間が経った定休日。空にイワシ雲が浮かぶ、九月後半の気持ちのよい日だ。

「悪いな、休みの日につき合わせて」

「ううん。お部屋を見るのは楽しみだから、平気だよ」

晃弘に連れられてきたのは、マンションの一室だった。吉川不動産が扱っている中古物件である。

玄関に入った晃弘はブレーカーを上げ、電気をつけながら奥へ進んでいく。リビングに備えつけられたカーテンを開けると光が入り、ぱっと部屋中が明るくなった。

「家具が置いてあるのね」

新築ではない売り物件に家具が置いてあるのは珍しい。真新しい様子なので、以前の持ち主が置いていったようには見えないが……

「そうなんだ。どう？」

「どうって？」

「この雰囲気だと売れそうかな」

「素敵だと思う。でも、私が買うとなったら、うーん……」

壁紙はリフォーム済みだというが建物自体が古いせいか、なんとなくぱっとしない。シンプルな家具は悪くないものの、ただ置いてあるだけで生活感はなく、ちぐはぐな印象だ。

「年数のわりに値段が高いんだ。持ち主さんがどうしても下げたくないって言ってね。うちの社の物件なんだが、なかなか売れなくて困ってる」

「そうなの」

「蒼恋だったら、どうすれば売れると思う？」

「えっ！　そんな難しいこと私にはわからないよ」

「ほら、俺たちの部屋のインテリアを蒼恋が決めてくれただろ？　ああいう感じで、この部屋がどうすれば見栄えがよくなるかを知りたいんだ。売れるかどうかはひとまず置いておいて、蒼恋の意見を聞かせてほしい」

「そういうことだったのね。それなら……」

晃弘の説明に納得した蒼恋は、自分なりに思いついたことを口にしていく。

「カーテンの色は明るいほうがいいと思う。できればオフホワイトのほうが部屋が広く見えるよ」

「カーテンはオフホワイト、か。あとは？」

「家具はこのままでいいけど、お店にあるような可愛い雑貨が置いてあると女性は心惹かれるかも。雰囲気が変わるから」

「たとえばどんな？」

「ここに可愛いキッチンタオルとケトルがあるといいな。パウダールームには真っ白でふかふかの清潔なタオルと、色味があまりないシンプルな歯ブラシ置きがほしい」

晃弘はふんふんとうなずきながらメモをしていく。

「こういうのが合う気がする」

蒼恋はスマホを使って、いつもチェックしている雑貨店のホームページを見せた。

「これをキッチンに置いたら素敵だと思わない？」

「ああ、いいな。……そうか、ちょっと待って」

晃弘がビジネスバッグからタブレットを取り出し、検索を始める。

「実はこの部屋に置いてある家具は、インテリア会社と提携してレンタルしているものなんだ。パーティーで会った米沢さんの会社や、他の不動産会社と協力し合って借りている。家具の他にも食器や雑貨があったはずだ。ほらここ、見てごらん」

タブレットの中の画像には、どんな場所にもなじみそうなシンプルな雑貨が並んでいる。蒼恋の好むものばかりだ。

「素敵……！」

「蒼恋が自由に選んでいいよ。俺がどんどんチェックしていくから」

「私の独断でいいの？　変えたからって物件が売れるとは限らないし、無駄になったら――」

「いいんだよ。俺が蒼恋を信頼してるんだから。今、売れない物件や空き家の雰囲気を変えて売れるようにする企画があって、このインテリア会社ともまだ試験的に提携しているだけなんだよ。あまり知られていない試み（こころ）なんだ」

「もしかして……ホームステージング？」

「それだよ。よく知ってるな、蒼恋」

「この前、テレビで見たの」

「そうだったのか。今回は社長が適当に家具を選んだものの、結局さっぱり売れないもんだから俺に投げてきたんだ。それで俺が蒼恋に助けを求めたってわけ」

晃弘が苦笑した。

「でも、専門でそういうのをしてくれる人がいるんだよね？」

「いるらしいんだけど、メジャーな仕事ではないから人が少ない。だから、すぐにはつかまらないんだ。それに、これくらいなら内輪でやりたい、っていう社長の意向もあってね。俺たちでどうにかできるかと思ったんだが、これがなかなか難しくて」

「わかった、晃ちゃん」

初めて晃弘に頼られたことで蒼恋の胸が熱くなる。自分にできることがあるかもしれない。

「私が社員の皆さんよりもできるとは思わないけど、精いっぱいやってみる……！」

「そう言ってくれると助かるよ。ありがとう蒼恋」

家に帰ってから晃弘がパソコンで在庫の確認をする。蒼恋はその画像を見て細かく指定した。

そして数日後、物件に雑貨が届く。蒼恋は実際にそれらを部屋に並べた。完璧ではないが部屋の雰囲気がガラリと変わる。

感心した晃弘は何枚も画像を撮り、今までホームページにのせていた画像を差し替えた。


一週間後、晃弘がいつもより早く帰宅した。

「蒼恋、売れたぞ！」

玄関に飛びこむようにして晃弘が言う。こんなに興奮している彼は珍しい。

「ど、どうしたの？」

「あの物件だよ！　一度内見にきて購入を渋っていたお客さんが、差し替えた画像を見たらしいんだ。もう一度内見をしたいって言いだして、実際に見たら即決」

「本当に？」

「こうすればいいのね、って奥さんのほうが乗り気になってさ。いや、信じられないよ。なかなか売れなかったのに、蒼恋が手を入れてくれてからたった数日で決まるとは。ありがとう、蒼恋のおかげだ」

そう言って、蒼恋を抱きしめた。

「タイミングがよかったんだと思うけど、すごく嬉しい。私、少しでも晃ちゃんの役に立てたのかな」

「何言ってるんだよ。少しも何も、満点だって、いつも言ってるだろ？　それとも何か気にしてることでもあるのか？」

「う、ううん。嬉しいの、すごく。変な言い方してごめんね」

「乾杯しに出かけようか」

「今から？」

「たまにはいいだろ？　明日は休みだし」

「うん」

胸がいっぱいになり、蒼恋が口をひらけずにいると、晃弘はキッチンのほうに目をやった。

「あ、そうか。夕飯作って待ってたんだよな。ごめん、やめよう」

「ううん、いきたい！　ほとんど昨日の残りものだし、大丈夫だよ。明日の朝食べよう」

「いいのか？」

「私も晃ちゃんと一緒にお祝いしたい」

よしよし、と晃弘の大きな手が蒼恋の頭を撫でる。

ほんの少しでも晃弘の役に立てたなら、そして彼に近づけたなら。そう思った蒼恋は本当に嬉しかった。

蒼恋がパートを始めて一ヶ月半が経とうとしている。

仕事を早く上がった蒼恋は、会社を出てすぐの商店街を歩いていた。十月も中旬になれば、風はすっかり秋の匂いだ。

「蒼恋さん？」

声をかけられて振り向くと、吉川不動産で働く男性社員の北村(きたむら)がいた。

会社では、蒼恋を「野田さん」と呼ぶと紛らわしいということで、みんなから「蒼恋さん」と呼ばれているのだ。

「北村さん、お疲れさまです。あれ？　車じゃないんですか？」

「うん、今日は電車で移動。会社に戻る前に大家さんのところへ寄ろうと思って。蒼恋さんはもう終わり？」

「はい、帰るところです」

メガネをかけたさわやかなイケメンの北村は、大学を卒業後、新卒で吉川不動産に採用された新入社員だ。蒼恋と年が同じこともあり、男性社員の中では話しやすい存在である。

「野田さんってさぁ」

北村は右手に持っていたスーツのジャケットを持ち変えた。

「はい」

「旦那さんのほうの野田さんね。いつも家で何してるの？」

「何って……」

食事をして、話をして……一緒に風呂へ入り、いちゃいちゃして、蒼恋を抱いて眠る。などということは当然言えないので、蒼恋は澄まし顔で答えた。

「普通に家でゆっくりしてます」

「そういう感じがしないんだよな、野田さん。家でも延々と仕事してそう」

パートの女性たちにも言われたが、晃弘は家と会社ではそんなにもギャップがあるのだろうか。

「蒼恋さんは知らないかもしれないけど、野田さんって営業の成績がすごくいいんだよ。ただの『いい』じゃなくて『ものすごくいい』ね。だから名古屋に新設した支社に引き抜かれてたらしいんだ」

蒼恋は黙ってうなずく。自分が高校を卒業するときには、晃弘はすでに会社の信頼を得ていた……。

「独立するって噂もあるし、すごいよなぁ。俺、野田さんを目指そうかな」

「北村さんは何になりたいんですか」

「今は賃貸の営業だけど、そのうち売買をしたいと思ってる。でも本当は――」

「本当は？」

「まだ野田さんには言わないでくれる？」

「言いにくかったら無理に言わなくても大丈夫ですよ」

「いや、隠すことじゃないんだけどね」

メガネの真んなかを押さえた北村は、息を吸いこんでから答えた。

「俺は一級建築士の資格を取りたいんだ」

「建築士？　っていうと、建てるほうですよね」

「そう。ただ、まだ実務経験がなくて資格を取れないんだ。先にインテリアコーディネーターとホームステージャーの資格を取っておこうと思ってる」

「ホームステージャー……もしかしてホームステージングをする人のことですか？」

「ああ、野田さんから聞いてたか。最近うちの会社でも試験的に乗り出してるもんな」

「ホームステージャーには資格があるんですか？」

「あるよ。二級は基本的な試験だけで取得できる」

突然、目の前に世界がひらけた気がした。大学で英文科を専攻した蒼恋には縁のない世界だったが、興味をそそられたのだ。

蒼恋は歩みを止め、北村に勢いよくお辞儀をする。

「教えてくださってありがとうございます！」

「お、おう。って俺、そんなに喜ぶこと言った？」

「はい！　あ、では私はこっちなので。お疲れさまでした！」

「うん、お疲れー」

蒼恋は足取り軽く、駅の改札に向かった。

家に着くと早速ノートパソコンを広げ、資格について調べる。

「北村さんが言った通りだ。私もこの資格を取ってみようかな。いつか晃ちゃんが独立したときに、この間みたいに役に立てるかもしれない」

中古物件が売れたのは蒼恋が協力してくれたからだ、と晃弘は言ってくれた。なんと彼から報酬までもらっている。

二級の資格は比較的簡単に取れる。どうせなら一級の資格も取りたいが、こちらは講座と試験、実務研修があるらしい。二級と違い、不合格の場合もある。

「もし落ちたら、晃ちゃんがっかりするかな」

それはいやだった。だが、二級を取れば一級の試験もいずれは受けると思われるだろう。もしも落ちたら格好悪い。蒼恋は考えをめぐらせた。

「晃ちゃんに内緒で資格を取ろうか。それなら落ちたとしても晃ちゃんに知られることはない……」

晃弘が独立して、ホームステージングが必要になったそのときに――

「実はホームステージャーの一級の資格を持ってるの、私。なんて言えたら素敵じゃない？」

いい案だと思った。晃弘はきっと感心するだろう。彼の役に立つことも間違いなさそうだ。想像しただけでワクワクする。

「そうだ、そうしよう。晃ちゃんには内緒。これでいこう、うん……！」

蒼恋は資格について、北村にこっそり聞いてみることにした。

その日は蒼恋が最後まで残って仕事をする当番だった。寺田は休みで、一緒に仕事をしていた杉本が席を立つ。

「そろそろ上がらせてもらうね」

「お疲れさまです」

「誰かが下りてくるはずだから大丈夫よ」

「はい」

そうやり取りをしている最中に、二階から社員が下りてきた。驚いた蒼恋の胸がきゅんとする。

「ん？　今日は蒼恋か。杉本さん、お疲れさま」

晃弘だ。蒼恋とふたりで受付をするのは初めてだった。

「野田さんがいるなら安心ですね。あんまりいちゃいちゃしないでくださいよ？」

「勤務中にはしませんよ」

耳まで熱くした蒼恋は、ふたりの会話をうつむいて聞いているしかない。

「お願いしますね。じゃあね、蒼恋さん。頑張ってね」

「あ、はい！　頑張ります。杉本さんお疲れさまでした！」

ふふ、と笑った杉本は、更衣室へ向かった。蒼恋のとなりのデスクに晃弘が座る。彼は杉本が使っていたパソコンのキーをたたき始めた。

「お、お疲れさまです」

変な感じだが、社内では晃弘がずっと先輩なのだ。親しきなかにも礼儀あり、でいかなければいけない。

「うん、お疲れさま。お客さんのデータは入れ終わった？」

「今日の分は終わりました」

「そうか、ありがとう」

「これからファイルの中身を入れ替えようと思っていまして」

「ぶはっ」

「な、なんですか？」

噴き出す晃弘に問いかける。笑われるようなことをした覚えはないのだが……

「いや、ふたりしかいないんだから、敬語は使わなくてもいいんじゃないかと思ってさ」

「だ、だってここは職場ですし、馴れ馴れしくするのはよくないと思います、から」

「そうだよな。えらいよ、蒼恋」

晃弘は椅子を移動させて蒼恋のすぐそばにきた。優しいまなざしで目を細める。

「俺は、そういう蒼恋が可愛くてしかたがない」

「あ、晃ちゃ――」

蒼恋の頬が熱くなったと同時に、きゃあと小さな悲鳴が聞こえた。更衣室から出てきた杉本だ。今のセリフを聞かれていたらしい。

「いちゃいちゃするのは、せめて私が帰ってからにしてくださいよね、野田さん」

「ああ、すみません。これくらいなら、いちゃいちゃだとは思わなくて」

「野田さんがそんなこと言うなんて、早速明日、寺田さんに報告しなくちゃ。それじゃあ、お先に」

杉本はそそくさと店舗のガラス扉を押して外に出た。

「杉本さんが赤くなることはないのにな」

「もう、晃ちゃんてば」

明日は寺田にもからかわれるに違いない。幸せ混じりのため息をつくと、また誰かが、階下へきた。

「用賀にいってきます」

北村だ。ビジネスバッグを持っている。

「おう、お疲れ。石倉さんのところか？」

「はい。賃貸契約書の説明に」

「そういえば、荒川コーポの鈴木さんのところは？」

「しつこかったですけど、まぁ、なんとかなりました」

「頑張れよ。何かあったら早めにな？」

「はい。ありがとうございます」

北村は蒼恋にも会釈をして、ガラス扉から店を出ていった。

「あ」

ずっと北村にホームステージャーの資格について聞くタイミングが掴めずにいたが、今がちょうどいいのではないだろうか。

「どうした？」

晃弘にたずねられる。

「えっと、私、北村さんに連絡があったのでいってきます。ここお願いします」

「わかった」

蒼恋は立ち上がり、ガラス扉を開けた。外はすっかり日が落ちて暗い。秋も深まる十一月の上旬だ。冷たい風に蒼恋の体が震える。

「北村さん、すみません！　あの、ちょっといいですか」

会社の駐車場で、車のドアを開けようとした北村に声をかけた。

「どうしたの。何かあった？」

勢いよく近づいた蒼恋に、北村が訝しげな顔をする。

「いえ、あの……先日教えてくださった、ホームステージャーのことをうかがいたいんです」

「ああ、そういえば話したね。もしかして蒼恋さんも受けるの？」

「えっと、どういうものか知りたいなぁと思いまして」

「そういえば、野田さんの協力をしたんだってね。あの売れなかった物件のこと、ちょっと聞いたよ？」

北村がにやりと笑った。どうやら、晃弘の力になりたいと思っていることがバレてしまったようだ。

「でもまだ受けるかどうかはわからないから、晃ちゃ……夫には絶対に内緒にしていてほしいんです」

「内緒にしなくてもいいのに。野田さんは喜ぶんじゃない？」

「驚かせたい、から」

少しだけ嘘をついた。驚かせたいのもあるが試験に落ちたとき、格好悪いと思っているのだ。

「ああ、そういうことか。それなら言わないよ。でも俺、今は時間がないから今度でい い？」

「もちろんです。すみません、お忙しいのに」

「連絡先を教えようか。今、スマホ持ってる？」

「あります」

蒼恋は制服のポケットからスマホを取り出した。

「メッセージを入れてくれれば質問には答えるよ。受講の期日とか。それから、会社ではしかたがないけど、スマホで敬語は使わなくていいからね。俺と同い年なんだし」

「はい。ありがとうございます……！」

お礼を伝えた蒼恋は、急いで晃弘の待つ受付に戻った。

「間に合った？」

晃弘がこちらを見る。

「うん！　じゃなくて、はい！」

「なんだよ、やけにご機嫌だな」

「そっ、そんなことはないですけど」

嬉しさが顔に表れていたようだ。ここで晃弘にバレてしまったら元も子もない。蒼恋は仕事モードに顔を戻し、晃弘のとなりに座った。

「蒼恋ってさ」

しばらく書類に目を通していた晃弘がつぶやく。

「はい」

蒼恋はファイルに入った物件情報を入れ替えながら返事をした。

る声だ。

「最近、北村と仲がいいよな」

聞いたことのない晃弘の声だった。なんとなく冷たく、それでいて、いら立ちを感じる声だ。

「え、そう、ですか？」

問われたことを意外に思う。晃弘が蒼恋の会社での様子を気にしているようには思わなかったからだ。北村と話をしているところを見られた記憶もない。

「同い年だから話しやすいんです。北村さんも、きっとそうなんじゃないかと」

「……ふうん」

こちらを見ない晃弘の横顔は、不満の色をのせているように見えた。

（まさか妬いてくれてるとか？　……それはないか）

以前、パートの杉本に話した通り、蒼恋が嫉妬することはあっても、晃弘にそれはあり得ない。ずっと晃弘に片思いをしていた蒼恋にはわかっている。

その日の夜、晃弘が帰ってくるまで蒼恋はホームステージャーについてパソコンで調べていた。

北村が受けるという講座の申しこみ締め切りが、すぐそこまで迫っている。そこで蒼恋は急いで申しこみをし、北村と一緒に講座を受けることにした。

ホームステージングはいかに物件を売りやすくするかを、細々としたところまで勉強しなければならない。生活に密着した仕事のため、収納に整理整頓、そして掃除に関することまで覚えていくのだ。

スマホが鳴った。蒼恋は十分ほど前から北村とやり取りをしている。

「北村さん、いい人だな」

参考になる本や実際にどういう仕事があるのかを、メッセージで逐一教えてくれるのだ。

「というか、彼は仕事のために前から取り組んでるんだ。私もやるなら甘い考えは捨てなくちゃいけないよね」

風呂上がりの眠くなってきた目をこする。気合をいれた蒼恋は、自分で買っておいたインテリアや収納の本を広げた。

――となりにいる晃弘はとても背が高い。

蒼恋が見上げても彼の横顔がいつもより遠かった。後ろを振り向くと、回転木馬がオルゴールの曲とともに回っている。ここは晃弘と小学一年生のときに訪れた遊園地だ。

「蒼恋はまだ小学生だからな。ここから先にはいけないんだ」

「晃ちゃ、えっ？」

小学生などと言われて否定しようとした自分の声が妙に高い。背中が重いと感じていたのだが、いつの間にかランドセルを背負っていた。

「じゃあな、蒼恋。お前はここで遊んでおいで」

「ま、待ってよ、晃ちゃん」

「俺はみんなと一緒にいくから」

いつの間にか彼の横には多野蔵さんがいる。周りには吉川不動産で働くみんなもいた。

こちらを見て笑っている。

「私、もう大人なの。こんなのおかしいよ。みんなも置いていかないで」

オルゴールの音がうるさい。

「蒼恋は可愛いなぁ。お利口にして待ってるんだぞ？」

「そんなのいやだよ！　待ってよ、晃ちゃん！」

「蒼恋」

「……待って」

「風邪引くぞ。ベッドまで運ぼうか？」

――晃弘の声がはっきりと聞こえ、蒼恋は目を覚ました。スマホのアラームが鳴っている。オルゴール曲だ。目の前に、たった今追いかけていたはずの人がいる。

「ひゃっ！」

「大丈夫か？」

「晃ちゃ、ん？」

晃弘が心配そうに蒼恋の顔を覗きこんでいた。

（夢？　私、晃ちゃんを待っていて、いつの間にか寝ちゃってたんだ）

「ただいま。寝ぼけてる？」

「お、お帰りなさい」

まだ心臓がドキドキしている。……夢でよかった。

「疲れてるときは先に寝てていいんだからな？　無理するなよ？」

「ありがとう。ちょっとうたた寝しちゃっただけなの。あ……」

立ち上がろうとしてよろけた蒼恋を晃弘が支える。

「危ないなぁ。うたた寝って、いったい何してたんだ？」

晃弘の視線がテーブルに向けられた。

「……あ、ダメ！」

本が出しっぱなしだった。どんなことに気をつけて講座を聞けばよいかを、ノートにまとめていた。ノートの上にはスマホがある。北村とやり取りをしながらうとうとしてしまったのだ。今届いたばかりのメッセージが表示されている。

焦った蒼恋はスマホを手に取り、晃弘の顔を見た。晃弘はスマホの表示に気づかなかったのか、何も言わない。

「えっと、にっ」

「に？」

「に、日記をつけてたの。小学生からの習慣で……」

「へえ。そんなこと全然知らなかったな」

「内緒にしてたから。……だから見ないでね」

不自然だったろうか。蒼恋の心臓がどきんどきんと騒ぎ続けている。

晃弘は黙ってメゾネットの二階に上がっていった。蒼恋も後ろからついていく。当然だが、先をいく晃弘の背は高く、蒼恋は遠く感じた。今見たばかりの夢を思い出し、胸が切なくなる。年の差を埋めることは不可能だ。不可能だが、彼に少しでも近づきたい。

「晃ちゃん、お風呂沸いてるけどすぐに入る？」

階段を上がりきったところで蒼恋は自分を励ますように明るい声を出す。心の片隅にあるコンプレックスが見せた夢を、どこかへ吹き飛ばしたかった。

「ああ、そうだな。……蒼恋」

「なあに？」

晃弘はジャケットを脱いでベッドに投げた。その様子を見ていた蒼恋の後ろへ回りこむ。両手でふんわりと蒼恋を抱きしめ、耳もとへ声を押し当てた。

「隠しごとは、なしだぞ？」

「え……」

ずきんと胸が痛み、胃が重たくなった。

「蒼恋は小さいときから、嘘をつくと目が泳ぐ」

「泳いでない、もん」

「あぶなっかしいんだよ、蒼恋は」

ぎゅうっと晃弘の腕に抱きしめられて身動きが取れなかった。でもどういうふうに答えたらいいのか、わからない。

蒼恋は、この場合の隠しごとは悪いことではないと考えている。

一級の資格が取れなかったときのことを考えたら恥ずかしくて、格好悪くて、とてもではないが晃弘には言えない。資格を取り、そして彼がこの資格を必要としたときに、初めてそこで晃弘を驚かせたい。堂々と伝えたいのだ。

夢のなかのようにみんなに置いていかれたくなかった蒼恋は、ひとり焦っていた。

翌週、蒼恋の休日に姉の友里恵が遊びにやってきた。姪っ子の梨乃は幼稚園だ。園が終わったあとは、ママ友が預かってくれるらしい。

「蒼恋とふたりきりで話すなんて、何年ぶりだろうね」

「そういえばそうだね」

姉妹は温かい紅茶で乾杯をした。蒼恋も友里恵も酒があまり得意ではない。お茶とおいしいお菓子があれば十分なのだ。

「働き始めたんだって？」

「うん、パートだけどね。お母さんに聞いたの？」

「そうだよ。これ食べよう、おいしいんだよ」

「ありがとう。いただきます」

友里恵が買ってきた安納芋（あんのういも）のパイをいただく。甘すぎず、ほっこりした味が舌に優しい。

「まぁ、晃ちゃんの会社なら安心よね」

「……どうしてみんな、同じこと言うの？　晃ちゃんにも言われたし、この前も電話でお母さんに言われた」

身内だからよけいに腹が立つ。みんなに子ども扱いされているように思え、蒼恋はむくれた。

「そりゃあ、普通は旦那さんが一緒なら安心でしょ」

「私が頼りないからってこと？」

「そういう意味じゃないわよ」

「じゃあどういう意味？」

「やけに突っかかってくるわね、蒼恋」

友里恵はパイの残りを頬張った。紅茶を飲んだ蒼恋は小さく息をつく。

「私が……お姉ちゃんの年だったらなぁ」

「は？　なんで？」

口をもぐもぐと動かしていた友里恵が、怪訝な顔をする。

「晃ちゃんと同じ年に生まれたかった」

「何よそれ。もしかして喧嘩でもしたの？」

「ううん、してない」

「晃ちゃんが不満でも言った？　釣った魚にエサはやらない状態？」

「ううん、すごく優しい」

「それならいいじゃない」

蒼恋が用意しておいたせんべいに、友里恵が手を伸ばす。頬のつけ根がきゅんとする酸っぱさと甘みが絶妙な梅ざらめのせんべいだ。

「私、自信がないの。同い年ならいつか晃ちゃんに置いてかれるかもなんて心配しないですんだかなって」

「でも、そしたら晃ちゃんは蒼恋のことを好きにはなってなかったかもよ？」

「な、なんで？」

「年が離れてるから好きになったんだろうとは言わないけど、ここにいる蒼恋そのものを晃ちゃんは好きになってくれたんでしょう？　同じ年の私とはそんなふうになったことはないし。晃ちゃんが十歳のときに生まれた蒼恋を、赤ちゃんからずーっと見てきた蒼恋を、自分の妻として選んだんだから。もっと自信を持ちなさいよ」

「……うん」

「片思いは終わったのよ、蒼恋。そういう考え方は晃ちゃんに失礼だよ」

「えっ？」

「だって、そうじゃない？」

友里恵がせんべいをばりんと手で割る。そのかけらをひとつもらった。

「そうだよね。うん、失礼だと思う」

そういう考え方もあったのか、と友里恵の言葉を受け止める。自分を卑下しすぎるのは、蒼恋を選んでくれた晃弘を疑っていることになるのだ。

「今ね、お仕事とは別に頑張ろうと思ってることがあるんだ」

「へえ、いいじゃない。何？」

「内緒。今は勉強中だから、今度また教えるね。晃ちゃんにも秘密にしてるの」

「そうなんだ。楽しみにしてるよ、頑張れ蒼恋」

「うん」

梅ざらめのせんべいを口に放りこむ。立ち上がった蒼恋は昼食の準備を始めた。

十一月中旬の水曜日。今日はいよいよ二級の講座を受ける日だ。蒼恋は洗面台の鏡に映った自分の顔を見てげんなりする。

「目の下にクマができてる」

収納やインテリアに関する本を読み漁り、昨夜は眠る直前までパソコンの前にかじりついていた。覚えることが山ほどありそうで、いろいろと不安になってきたのである。

今日は吉川不動産の定休日だが、晃弘は契約があるため出勤だ。玄関先まで見送りに出る。

「じゃあいってくるよ。休みの日なのにごめんな」

「……」

「今夜は遅くなると思うから、先に寝てていいよ。他の業者の人たちと飲みにいくんだ。車は置いていくから」

二級の資格はよほどのことがなければ取得できるはずだが、一級の取得は難しそうだ。とにかく今日、覚えられることはしっかり覚えてこなくては。

「蒼恋、聞いてる？」

「えっあ、うん！　今夜は早いんだよね？」

激しく吸いつかれる。

「ごめん、間違えちゃっ、んっんーっ」

言葉の途中で、蒼恋は唇をふさがれた。強引に舌を絡ませてくる晃弘に、蒼恋の舌が激しく吸いつかれる。

(どうしたんだろう、晃ちゃん。出がけにこんなに激しくされたら変な気分になっちゃう……)

蒼恋の頭がぼうっとしてきたころ、ようやく唇は解放された。

「……晃、ちゃん?」

「どんな考えごとをしてたんだ?」

真面目な顔でたずねられて、ぎくりとする。

「な、なんでもないよ。朝だし、ぼーっとしちゃっただけなの」

「体調は?」

「大丈夫、大丈夫。私、今日ちょっと出かけるんだ。だから晃ちゃんが遅いのは、ちょうどよかったかも」

「誰かと会うのか?」

「う、うん。えっと、高校のときの友だちと渋谷で」

本当は全く反対方面の横浜で講座を受ける。蒼恋は咄嗟に嘘をついてしまった。

「そうか。たまにはゆっくりしておいで。ただ……」

晃弘の声色が変わった。表情は優しげなままなのに、瞳が暗い。

「……ただ？」

「嘘ついたら、おしおきな」

「え」

「また目が泳いでるような気がしたけど？」

晃弘に凝視された。罪悪感にさいなまれる。でも、ここまできたら引くことはできない。

「そんなこと、ないよ」

思わず顔をそらしてしまった。これでは嘘をついていると肯定したようなものではないか。

「……いってくる。じゃあな」

苦笑した晃弘がドアに向かった。

晃弘のなんともいえない寂しさといら立ちが混じるこんな声を、最近どこかで聞いたような――

おしおきとはなんだろうか。ぼんやり考えながら、蒼恋は支度をするために部屋へ戻った。

繁華街から出た大通り沿いを、蒼恋は北村と並んで歩く。

北村はカジュアルな服装だ。スーツ姿を離れれば、やはり蒼恋と年が近いと感じる。

「あーあ、疲れた」

「お疲れさまでした」

午前中からホームステージャー二級の講座と簡単な試験を一緒に受け、夕方に終了した。ふたりは駅に向かっている。

「朝から一日中だもんな。蒼恋さんも疲れたでしょ？」

「ちょっとだけ。でもこちらは基本的なことだったので、心配はなさそうです」

蒼恋は満足して、暮れ始めた空を仰いだ。

「あとは一級か。そっちは自信ないな俺」

「私も……」

「蒼恋さん、一級も取るんだ？」

「できれば取りたいと思ってます」

「ということは、一級を取り終わるまで野田さんには内緒ってこと？」

「できればそうしたいんです。一級に合格できれば喜んでもらえるかなって」

「いいじゃん。一緒に頑張ろうぜ」

「はい！」

顔を見合わせて笑った。

「そういえば、今日は野田さんになんて言ってきたの？」

「渋谷で高校の友だちと遊んでることになっています」

あ、そう、と北村はうなずき、メガネをかけ直す。彼のよくやる仕草だ。

「北村さんはインテリアコーディネーターの資格も取るんですよね？」

「うん。でもそっちも時間がなさそうでヤバいんだよ、ね……」

ふいに北村の語尾が小さくなる。どうしたのかと北村の視線の先へ顔を向けると、二の腕を強く掴(つか)まれた。

「ちょっと、こっちきて」

「な、何？」

歩道の脇にあったパン屋に引っ張られる。パンの香ばしい匂いに襲われながら、北村は蒼恋を連れて客の間に入りこみ、奥へ進んだ。

「ちょっ、どうしたんですか？」

「野田さんには内緒なんだろ？」

北村が通りに面したガラス窓を見やる。外の通りを見覚えのある男性が歩いていた。

「え……あ、晃ちゃん……？」

パン屋の窓際はカウンターになっており、イートインができる仕様だ。幸い、カウンター席はいっぱいだった。外からパン屋のなかを見ても、奥にいる蒼恋たちには気づかないだろう。

（なんで、こんなところに晃ちゃんが？）

蒼恋の心臓がずきんずきんと騒がしく音を立てている。

「野田さん、横浜で仕事って言ってた？」

「わからないです。今日は契約があって、そのあと別の業者さんと飲みにいくとは言っていましたが――」

「こっちを見なかったから平気だとは思うけど……もし見られてたら隠れたのはまずかったか」

窓のほうを見ながら、北村が首の後ろに手を置いた。彼が悪いのではない。

「私が内緒にしたいって言ったから隠れてくれたんですよね。ごめんなさい」

「いや、俺にもそういう気持ちはわかるからさ。好きな人の前では格好つけたいもんな」

苦笑した北村が蒼恋を見た。その言葉はまさに蒼恋の心のままで、情けないような泣きたい気持ちになる。

「まぁ、何か聞かれたらごまかしておくから大丈夫だよ」

「いいんですか？」

「ただ、まずそうな雰囲気になったら正直に言うけど」

「もちろんそうしてください」

「その代わり、絶対に合格しろよ？　俺もするから」

「はい。ありがとうございます」

お辞儀をした蒼恋は、まだ胸が痛んでいた。

早く一級の講座と試験を終わらせたい。合格できたら「実はね、勉強してたの。必要になったら言ってね」と、晃弘に自慢するのだ。

そうして、横浜駅で北村と別れた。

ホームに立つ蒼恋は、ひんやりとした空気に身を縮ませる。そろそろ冬用のコートが恋しい。

到着した特急電車に乗りこむ。自由(じゆう)が丘(おか)で各駅停車に乗り換えようと思いながら、蒼恋はドア際に立った。暗い外の景色に目をやる。

「……」

晃弘が横浜で仕事だということを把握していなかった。

蒼恋は最近、自分のことばかりだ。パートの仕事と資格のことで頭がいっぱいで、晃弘の妻としての役割を果たせていないではないか。

北村にまで気を使わせてしまったこともあり、蒼恋は自己嫌悪に陥っていた。

自宅に到着して三時間後、晃弘が帰ってくる。まだ九時半だ。風呂上がりの蒼恋は急いで玄関へいき、彼を出迎える。

「お帰りなさい」

「ただいま」

「早かったのね。飲みにはいかなかったの？」

「……いや、少しだけ飲んで帰らせてもらった」

靴を脱いだ晃弘はどこか不機嫌だ。

「そう」

「蒼恋は、楽しかった？」

「あ、うん」

晃弘はリビングに入るとビジネスバッグをソファに投げた。そしてバッグのとなりへ勢いよく座る。着替えにいかないだけではなく、手も洗わずにここへ直行するのは初めてかもしれない。

「蒼恋、今日……」

晃弘の声が聞こえづらかった。蒼恋は晃弘が座るソファの横に立つ。

「なあに？」

「今日、渋谷にいったんだよな?」

「え」

「俺、夕方、仕事で横浜のお客さんのところにいったんだ。その帰りに蒼恋に似た人を見かけてさ」

見られていた……!

蒼恋の顔が引きつる。

「渋谷と反対方面の横浜に、蒼恋がいるわけないよな」

北村のことは言わない。ということは、蒼恋だけが見られたのだろうか。

晃弘に認めてもらうために頑張っていることで、彼に嘘をついている。今さらだが、蒼恋の胸にもやもやとした気持ちが広がった。

「疲れてんのかな、俺」

喉で笑った晃弘は、ソファの背もたれに背中を預けた。

言ってしまおうか。でも、どこから言えばいい?

偶然テレビで見たホームステージングの仕事に興味を持った。その後、蒼恋がかかわった中古物件が売れたことで、自分にも晃弘の手助けができると思った。晃弘の役に立ちたくて、何より自分に自信を持ちたくて……今日二級の資格を取りに横浜へいった――

「あの、晃ちゃん」

「うん」

天井を仰いでいた晃弘がこちらに顔を向ける。続きを言おうしたそのとき、蒼恋を引きとめる考えがよぎった。

——まだ、一級の資格が取れていない。どうせ本当のことを言うのなら試験を受けて一級に合格してから、胸を張って晃弘に伝えたい。

北村はごまかしてくれると言った。晃弘は横浜で似ている人を見かけたが、その人物が確実に蒼恋だとは思っていない。

「……お風呂、入る？」

蒼恋の唇から零れたのは、話題をそらす言葉だった。

「……」

黙ってこちらを見ていた晃弘が、ぎゅっと眉根を寄せた。

「晃、ちゃん？」

「入るよ。蒼恋は先に寝てな」

「う、うん」

「変なことを言って悪かったよ。ごめんな、蒼恋」

謝られるとは思わなかった蒼恋の胸が、ひどく痛む。思わず泣きそうになり、急いで彼の言葉を否定する。

「ううん、そんなことない。晃ちゃんは何も悪く――」

「明日は蒼恋も仕事だろ？　何時から？」

立ち上がった晃弘が言葉を遮った。蒼恋の顔は見ない。

「お昼すぎから」

「じゃあ一緒にはいけないな。風呂入ってくるよ」

「晃ちゃん」

「先に寝ててくれ。俺も風呂から出たらすぐに寝るから。今日は疲れた」

「……はい」

晃弘の突き放すような声に蒼恋の体が固まる。こんな声を聞くのは初めてだった。

ベッドにもぐりこんだ蒼恋は悶々と考える。

（もしかして怒ってるの……？　晃ちゃんは私に怒ったことがない。でも明らかにさっきの声は、怒っているように聞こえた。いつもの晃ちゃんと全然違った……どうしよう）

一時間ほどしてうとうとしかけたころ、晃弘がベッドに入ってきた。彼が使ったボディーソープの香りが、布団のなかを埋め尽くす。すぐに眠りについた晃弘の横で蒼恋は小さく丸まり、ぎゅっと目をつぶった。

それから一週間、蒼恋と晃弘は無難にすごしていた。晃弘は仕事が忙しく、毎日夜遅くの帰宅だったからだ。蒼恋がパートに入っていても、相変わらず会社では晃弘と接することがない。

蒼恋の勤務はあと二週間で終わる。ようやく仕事に慣れてきたばかりで辞めるのは残念ではあるがしかたがない。そして一級の資格試験が、二ヶ月後の一月中旬に迫っていた。

今日のパートは蒼恋と寺田だ。午後三時、一階にいた客が出払ったときだった。デスクの電話を寺田が取る。

「お電話ありがとうございます、吉川不動産でございます。山瀬(やませ)様でございますね。いつもありがとうございます。ただいま野田は席を外しておりまして……」

晃弘の客だろうか。蒼恋が顔を上げると、寺田の表情がみるみるこわばっていった。

「はい。え？　いえ、そんなことは決して！　はい、申し訳ございません！　そのような、はい――」

尋常ではない様子だ。蒼恋の胸に不安が広がる。

「申し訳ありません。ただいま社長も席を外しておりまして。ええ、野田にはすぐに折り返しお電話をさしあげるよう伝えますので、はい、大変申し訳ありませんでした……！

失礼いたします」

寺田が受話器を置いた。顔が青ざめている。

「どうしよう。お客さん、すごい剣幕で怒ってるよ……！」

電話を切った寺田は、そのまま晃弘に電話を入れた。蒼恋は立ち上がって寺田のそばにいく。いったい何があったというのか。心配でたまらない。

「野田さん、出てよ～！　どこにいってるんだっけ。留守電にもならないなんてどうしちゃったのよ、もう！」

いら立つ寺田が受話器を置いた。みんなが知っているのは仕事用の携帯だろう。蒼恋は自分のスマホを取り出した。

「あの、私、プライベート用のスマホにメッセージを入れてみます」

「うん、お願い。あっ」

寺田がドアを見る。ガラス扉の向こうに晃弘の姿があった。

「ただいま」

「野田さん！　今、お客様からお電話があって」

「どうしました？」

寺田が急いで事情を説明する。

どうやら契約の前に、客に説明しなければいけなかったことを、晃弘は説明したつもりになっていたらしい。彼が説明した金額と、あとから送付された書類の金額が違うと言って怒っているのだ。もともとかなり細かく気難しい客だったため、初めに担当したのは他の社員だったが、途中から晃弘に任された。客は晃弘の対応を気に入り、契約直前までいったのだが――

「すぐに山瀬さんに連絡を入れます。すみませんでした、寺田さん」

晃弘の顔色が変わった。

「まずいな……」

ひとりごちながら晃弘は二階に駆け上がった。しばらくして、大きなファイルとビジネスバッグ、コートを手にした晃弘が下りてくる。

「今から山瀬さんのところへ伺ってきます。他のお客様からの問い合わせは、携帯の留守電に入れてください」

「野田さん、留守電になっていませんでしたよ？」

「え！　あ、ああ、すみません。すぐに設定変えておきます。じゃあいってきます」

立ち上がった寺田に晃弘はあわただしく挨拶をした。ドア際までいくと蒼恋を振り向く。初めて晃弘の大変な場面に遭遇してしまい、蒼恋もひどく動揺していた。

「多分、今夜も遅くなるから」

「うん。あの……頑張って」

「……いってくる」

晃弘は足早に駐車場へ向かっていった。

「野田さんがミスするなんて珍しいわね」

寺田がふうとため息をついて椅子に座った。蒼恋も席に着く。

「最近、野田さんの様子がおかしいって、杉本さんと言ってたの」

「様子が、おかしい？」

「そうなのよ。いつもなら絶対にしない細かなミスが頻発してね。今日みたいに大変なことにはなっていないんだけど、お客さんとの打ち合わせを一時間早く間違えてたり、ほしいって言っていた資料が全然違うものだったり」

「……」

「もしかして、家で何かあった？」

最近何かあったといえば、蒼恋が嘘をついてしまったことくらいしか思い浮かばない。あのあと晃弘が怒ったように見えたが、それは蒼恋の杞憂だと思っていた。

そもそも、ここのところ晃弘と朝食時くらいしか接していない。いつもの晃弘に見えたし、蒼恋のことで、仕事にまで影響が出てしまうのかと問われれば、それは否である。自分の行いに彼をそこまで動揺させる力などない。

「いえ、特に……何も」

「そう？　それならいいけど……じゃあなんなのかしらねぇ」

晃弘が思い悩む理由とはなんだろうか。もしや、自分以外の女性と何かあったのでは？　などと、馬鹿な考えが持ち上がる。

(晃ちゃんが大変なときに、晃ちゃんを信じないでどうするの！)

蒼恋は姿勢を正し、自分の仕事に集中した。

壁の時計は六時を回ろうとしている。

晃弘はまだ帰社しない。会社に電話も入らない。蒼恋は何度も自分のスマホの画面をチェックする。仕事中だから当然なのだが、晃弘からの連絡はなかった。

「お疲れさまです」

階段を下りる足音と声がした。

「あら、今日は北村くん？」

「はい」

「じゃあ、私はお先に失礼します。蒼恋さん大丈夫？」

「はい。帰ってくるまでここで待ってみます」

「そうね。でもあまり遅くなるようだったら先に帰るんだよ？」

「はい。ありがとうございます」

更衣室で着替えた寺田は、再び蒼恋を心配そうに何度も見つめ、帰っていった。

「最近、野田さんが変なんだよ」

蒼恋のとなりに座った北村が、キーボードを叩きながらつぶやく。

「さっき寺田さんにも言われました」

「あ、やっぱり？　みんな気づいてたんだな。その最近、っていうのがさ、俺らが講座を受けた次の日からなんだ」

「え」

「野田さんは俺に何も言わないけど……もしかしたら横浜で俺らのことに気づいたんじゃない？」

「実は、私に似ている人を見たと言っていました」

「マジで？」

「でも私、ごまかしたんです。そこにいたのは私だとは、どうしても答えられなくて」

なるほど、と北村が小さくうなずく。

「北村さんのことは何も言っていなかったので、私だけが見られたんだと思います」

「例えばさ」

北村はボールペンを手にして、くるくると回し始めた。

「本当は俺のことも認識していた、って線はない？」

「そっ、それは――」

「そのうえで蒼恋さんに嘘をつかれたと思って、ものすごーく動揺してる、もしくは嫉妬してる、なんてことないかな？」

「それは絶対にないです。あり得ない」

「あり得ないってことはないでしょ」

「いいえ。私が嫉妬をすることはあっても、彼がすることは絶対にないんです」

蒼恋はぶんぶんと首を横に振り、北村の言葉を否定し続けた。

「なんで？」

「それは……私がずっと片思いをしていて、それで結婚してもらったようなものだからです。あり得ないんです、そんなこと」

「そうかなぁ。まぁ、あの野田さんが嫉妬するってのも想像できないか。普段クールな分、嫉妬なんかしたらすごそうだけど」

恥ずかしい過去を伝えてしまったが、本当のことだ。彼に焼きもちを焼かれるなどあり得ないことを想像しても空しいだけである。

「でもさ、蒼恋さん」

「はい」

「男ってのは、どんなに完璧に見える人でも、男なんだからね？」

いつの間にか椅子を寄せてきた北村が、蒼恋の顔を覗きこむ。何を当たり前のことを言っているのだろう。晃弘は男性だ。それ以上でも以下でもない。

「……？　それは、そうですよね」

蒼恋は首をかしげて北村を見つめ返した。

「全っ然わかってないな。あ」

そのとき、北村がドアを見る。晃弘だ。ようやく帰ってきた人の姿を見て、蒼恋は心から安堵した。

「お帰りなさい！」

「ただいま。……今日は北村か」

こちらを見た晃弘がため息をつく。声色は沈んだままだ。山瀬という客との折り合いがうまくいかなかったのだろうか。

「野田さん、お疲れさまです。どうでした？」

北村が立ち上がりながら問いかける。

「ああ、なんとかなったよ。契約前で助かった。また明日、平謝りしにいかないとならないがな。今日は旦那さんで、明日は奥さんとそのご両親のところだよ」

「大変ですね、明日は休日なのに」

「俺がミスったのがいけない。……こんな初歩的なこと」

お前はやらかすなよ、と苦笑した晃弘は、蒼恋のほうを見ずに二階へいってしまった。

その夜、晃弘が帰宅したのは深夜だった。

「……晃ちゃん？」

「起こしちゃったか、ごめん」

ベッドがぎしりと揺れ、晃弘が布団に入ってくる。

「大丈夫……？」

「ああ。……おやすみ」

「おやすみ、なさい」

暖かな毛布をかけているのに、晃弘の温もりは遠かった。

蒼恋は今さら、本当に今さらだが、気づいてしまった。晃弘が最近、ベッドのなかで蒼恋を抱きしめてはくれないことに。

「蒼恋は明日の木曜日も休みだったよな？」

「えっと、うん」

翌朝、晃弘がスーツのジャケットを羽織る。ダークグレーのスーツが冬の始まりにぴったりの装いだ。

昨日とは打って変わって、晃弘は晴れ晴れとした表情をしている。

「昨日の山瀬さんのところにいって、そのあと社長と約束があるんだ」

「社長と？」

「そう、たっぷりお説教されにいってくる」

「ほ、ほんとに？」

「俺のことを励ましてくれるらしい。ここのところ調子が悪かったからな」

北村と寺田たちも言っていたが、晃弘自身も不調を自覚していた。

「蒼恋も励ましてくれる？」

「もちろんだよ、晃ちゃん」

蒼恋の行動の影響などではない。怒ったように見えたのも、仕事がうまくいかなくて機嫌が悪かったのだ。

わかってはいたが、蒼恋はそれを少し寂しく感じた。

「心配かけてごめんな。もう、大丈夫だから」

「ううん！　本当によかった」

「俺、先週も休みなしで仕事だっただろ？　それで社長が明日は休めって言ってくれてるんだ。だから今夜、銀座（ぎんざ）あたりで食事しないか？　遅くなっても明日が休みならかまわないよな」

「本当？」

「社長と会ったあと少し仕事があるから、外で待ち合わせしようか」

「嬉しい！　外で待ち合わせするのは久しぶりだね、あ……」

ぐいと腕を引っ張られた蒼恋は、晃弘に抱きしめられた。久しぶりの感触だ。

「本当に嬉しいのか？」

「うん、すごく嬉しいよ」

「何が食べたい？　リクエストは？」

「なんでもいい。晃ちゃんにお任せします」

「……本当に」

晃弘の香りに包まれて目を閉じると同時に低い声が届いた。

「え？」

「俺に任せて後悔しないんだな？」

「うん。晃ちゃんに任せていれば安心だから」

「そうか、わかった」

顔を上げて見た、晃弘の表情に違和感を覚えた。優しく微笑んでいるのに目が笑ってない……？

「晃ちゃん、あの」

「ん？　どうした？」

声をかけると、暗い陰りは消え、いつもの晃弘に戻っている。

「ううん。楽しみだね」

「……ああ」

罪悪感のある蒼恋の心が、彼の表情をそんなふうに見せていただけなのだろう。

（晃ちゃんがあの件を本気で誤解していたら、食事になんて誘わないはずだよね？　だからきっともう、大丈夫。よけいなことは言わないでおこう）

蒼恋は昨夜、晃弘に正直に話してしまおうかと悩んでいた。だが、わざわざ蒸し返さなくてもいいと思い直す。いい雰囲気を壊す必要などない。

いつもより強く抱きしめてくる晃弘の腕のなかで、蒼恋は何を着ていこうかなどと呑気なことを考えていた。


夜、地下鉄の駅を出ると、弱く冷たい雨がしとしとと降っていた。

大通りをいき交う車のライトやネオンの明かりが、雨粒を通してぼやけて見える。

蒼恋は狭い歩道で傘をさし、晃弘のあとをついていく。晃弘は紺色のコートを羽織っていた。

冬の雨は冷たい。蒼恋もワンピースの上にキャメル色の冬のコートを着てきてよかったと思った。

「寒くないか？」

「うん」

「もう少し歩いたところだから」

路地に入った晃弘は蒼恋のとなりに並んだ。

ふたりの靴音が濡れた裏通りに溶けてゆく。華やかなビルが立ち並ぶ場所とは違い、品のよい小さな店と看板が暗闇のなか、艶やかに浮かんでいた。

今朝の約束通り、蒼恋と晃弘は地下鉄の銀座駅で待ち合わせた。

蒼恋は銀座を訪れたことがほとんどない。

二十歳になってすぐのころ、背伸びをしたくなって友人たちと遊びにきたきりだ。ハイブランドの店を覗いたり、憧れのカフェでケーキを食べたことが胸に甦る。当時は緊張していたせいか、味などちっともわからなかった。寛げないし、うっとりする余裕もなかったねとみんなで笑ったのだ。もう少し大人になったらゆっくり遊びにこようと、約束したままになっている。

そのような過去があったからなのか、歩いているだけで蒼恋の気分は高揚していた。

夜の銀座は艶めかしく、何かが起こりそうな気配に胸が震える。

晃弘は、立派な木の引き戸がある店の前で立ち止まった。足もとには行燈がぼんやり光っている。一見なんの店かわからないが、行燈に小さく店名が書いてあった。

晃弘が戸を開けると、からりといい音がする。店のなかにはカウンターがあり、数人の料理人たちがふたりを見るなり気持ちのいい挨拶をした。彼らの格好からして、ここは和食の店のようだ。

晃弘と蒼恋は奥の個室へ通された。晃弘が予約を入れていたのだ。

どっしりとした木のテーブルにお品書きがあり、竹細工の一輪挿しに白い花があしらわれている。

「素敵なところね」

「ああ。社長に教えてもらったんだ。いい店だな」

「……すごく高そう」

蒼恋は肩を縮ませる。

「今月は歩合がいいから、心配いらないよ」

「そうなの？」

「先月の売り上げがかなりよかったんだ」

晃弘の給料は基本給に歩合がプラスされる。営業をして客との契約が決まれば、それが歩合として入るのだ。

彼は営業力を評価されて名古屋に呼ばれたくらいである。バラつきはあるものの、月によっては蒼恋が想像したこともなかった額の給料をもらっていると知った。

蒼恋は結婚当初、自分にはまだその額を管理することはできないと晃弘に話したのだ。

そこで晃弘は食費と光熱費、その他生活に必要な金額を蒼恋へ渡し、家賃や保険料などは彼の口座から引き落とされるようにしていた。残りは晃弘の独立資金と小遣いに回される。ゴルフや飲み会、別の業者とのつき合いなど、入る額も多いが出ていく額も多い業界なのだと、晃弘を通じて知った。

とはいえ、晃弘から渡される生活費はもらいすぎだと思っている蒼恋は、余った金をしっかり貯金している。

(こうして一緒に出かけるときは、ほとんど晃ちゃんのお小遣いからの支払いになってるし……こんなに贅沢させてもらっていいのかな)

蒼恋は初めて食べる無花果の冷やしふろふきや、焼き胡麻豆腐、ひと足早い冬の味覚がそえられた牛の炙り焼きなどに興奮した。それぞれ絶妙なタイミングでテーブルに運ばれてくる。

「全部おいしい」

「ああ、うまいな」

「おいしいだけじゃなくて、こんなに綺麗な見た目で食べやすくて……やっぱりプロの技だよね」

こうなるまでには、客である自分たちが知りようもない努力が無数にあるのだ。蒼恋は小さくため息をついた。

主婦としてすらまだまだ新米の蒼恋が、少しの期間でやりたいことを決め、資格を取ることなどできるのだろうか。全部が中途半端になってしまっていたらと思うと怖い。それでも晃弘に認めてほしいという自分の欲求には勝てなかった。

「蒼恋、あんまり飲まないようにしてもらってもいい？」

「あ、うん。大丈夫」

「あとでまた飲みたいなと思ってさ」

「そうなの？　楽しみ」

ここは銀座だ。大人の雰囲気のバーに連れていってくれるのかもしれない。期待を高める蒼恋の前で晃弘は両肘をテーブルにつき、両手を顔の前で組んだ。そしてこちらをじっと見つめる。

何か真面目な話をするような気配がして、蒼恋の背筋が自然に伸びた。

「どうしたの？」

蒼恋に視線を置いたまま、晃弘の唇がゆっくりとひらいた。ほんの少しだけ微笑んだ口もとを見て、蒼恋の心臓がどくんと音を立てる。

「晃ちゃん？」

「俺の若奥様は、いったい俺の何がお気に召さなかったのかな？」

「……え？」

「年齢のギャップ？　話が合わない？　生活習慣の違い？」

「なんの、お話……？」

「今夜は家には帰らない」

苦笑した晃弘は蒼恋の質問に答えなかった。

「帰らないって、このあとお仕事なの？」

意味がつながらずに混乱しながらも、蒼恋は返事をする。

「いや、蒼恋も一緒だよ」

「どういうこと？」

「ここを出たら蒼恋を抱きたい。泊まる場所も予約してる」

「えっ!?」

「今日は体調どうだ？　できない、か？」

「う、ううん。そんなこと、ないよ」

ストレートに聞かれた蒼恋は息を詰まらせた。今朝、晃弘はひと言もそんなことを言ってなかったのだ。当然なんの準備もしていない。

泊まる場所というのはホテルだろうか。

「俺、最近、蒼恋にかまってやれなかったしな」

「お仕事で忙しかったんだもん、しかたないよ」

「だからか？」

「だから、って？」

「わからないならいいよ」

目を伏せた晃弘は、薄いグラスに入ったビールを飲み干した。彼の薬指にはまる、蒼恋とお揃いの結婚指輪が照明にきらりと反射する。

食後、タクシーを捕まえてホテルに向かった。

車窓にぶつかる雨粒は、待ち合わせをしたときよりも強くなっている。

タクシー内を満たす独特の匂いを感じながら、蒼恋は晃弘の横顔をそっと見つめた。

彼は窓の外へ視線をやったまま、蒼恋の手をしっかりと握っている。熱い手のひらと指が何かを訴えているように感じた。

行先を告げたきり黙りこんでいる晃弘に、その意味を問いかけることはできない。

銀座に着いたときに思った「何かが起こりそうな気配」とは、彼に抱かれることだったのか。

蒼恋は逸（はや）る鼓動を感じて、気づかれないように深呼吸をした。

到着した有楽町のホテルは、思っていたよりもずっと豪華で高級な場所だった。

あまりの素敵さに気が引けてしまうほどだ。大人の空間に身を置いた蒼恋は必要以上に緊張していた。

キョロキョロするわけにもいかず、ただ黙って彼の後ろをついていく。

部屋に入り、広いバスルームで熱めのシャワーを浴びた。鏡の前で体をチェックする。晃弘に抱かれること自体が久しぶりだ。いざそうなるのだと自覚したとたん、急激に顔が熱くなる。もう何度も彼には抱かれているのに。

蒼恋は下着をつけず、バスローブだけを羽織(はお)った。先にシャワーを浴びて待っている晃弘のもとへ急ぐ。

オレンジ色の間接照明が灯(とも)る部屋のなか、晃弘はソファに座っていた。蒼恋もそのとなりに静かに腰を落とす。

ローテーブルにグラスがふたつ並んでいた。

「綺麗……！　これはお酒？」

淡いピンク色のカクテルが入ったシャンパングラスが蒼恋の前にある。

「頼んでおいたんだ。飲もう」

「あとで飲もうって言ってたのは、これだったの？」

「そうだよ。気に入った？」

「うん！」

乾杯をして飲んだそれは、すっきりとした甘みが弾け、蒼恋好みの味である。とても飲みやすい。

「おいしい。これなんて言うの？」

「キール・ロワイヤル。カシス・リキュールをシャンパンで割ってある」

雨の中にぼんやりと浮かぶ東京の夜景が、大きな窓の外に広がっていた。

「晃ちゃんのは？」

「俺はウィスキーだよ」

琥珀色のグラスを見てうなずく蒼恋に、晃弘が手招きした。

「蒼恋おいで。俺が飲ませてあげる」

返事をする間もなく腕を引っぱられ、シャンパングラスを奪われる。

「んっ、ん」

ソファに押し倒された蒼恋は、素早く唇を重ねられた。口移しで蒼恋の舌にキール・ロワイヤルが注がれる。ねっとりと舌を絡ませたあと、蒼恋は喉を鳴らした。すぐさま、とろんとした気分になる。

「……何か、変」

「もう酔ったのか？」

「ん、ふわふわする」

グラスを傾けた晃弘は蒼恋の首筋に滴を落とした。肌に零れたカクテルをぺろりと舐める。

「んぁ……っ」

肩を縮ませた蒼恋を拒むように、晃弘はバスローブをするりと脱がせた。

丸出しになった蒼恋の素肌が粟立つ。隠そうとした胸の先端にまたカクテルの滴を落とされた。

「やっ、そんなの……！」

冷たい炭酸の感触がひやりと伝わり、思わず体をひねる。

「気持ちいいだろ？」

「そんなこと、な、あっ、あ……っん」

「ほらもう、こんなになってる」

晃弘の指がカクテルを先端に塗りこんだ。

「だって、晃ちゃんが、あう」

そこは液体と同じ色の濃いピンク色に硬くなっている。つやつやと尖った乳首を晃弘がおいしそうに口に含んだ。

「ん、ん……」

執拗に舐め取られて、何度も体をびくびくと揺らした。喉の奥と舐められている場所、そして体中がじんじんと熱い。

（気持ちがよすぎて、私……もう、とろとろになってる……）

蒼恋は太ももをよじらせた。こうしていないと疼いてしかたがないのだ。

「……蒼恋」

晃弘はグラスをテーブルに置いた。

深く息を吸いこんだ彼は、ソファに横たわる蒼恋の胸の谷間に顔を埋める。手を伸ばした蒼恋は、晃弘の黒髪に指を入れた。乾ききっていない髪はしっとりとしている。

「最近俺、仕事に身が入らないんだ。くだらないミスばかりしてる」

蒼恋の肌に唇を押しつけたまま、晃弘が言葉を発する。その寂しげな声を聞いた蒼恋の胸がちくりと痛んだ。

「情けないが初めてだよ、こんなこと。調子が悪いどころじゃない」

「それ、杉本さんと寺田さんも言ってた。晃ちゃんの様子がおかしい、って」

「……」

「北村さんも晃ちゃんのこと――んっ！」

体を起こした晃弘が蒼恋の唇を奪う。食べられてしまいそうなキスに蒼恋の息が止まる。

「ん、はぁ……晃、ちゃん」

ようやく解放された蒼恋は息を吐き、晃弘を見つめた。

「俺の何がいけなかった？　それとも結婚してみて、やっと俺が言っていたことの意味がわかったのか？」

「あ、晃ちゃん。お店にいたときもそうだったけど……さっきから、なんの話をしてるの？」

「言ったよな、俺に夢見すぎだって」

「え？」

「覚えてない、か。四年以上も前のことだもんな」

うつむいた晃弘の声は小さかった。彼の髪が蒼恋の鼻先にかかる。

（四年以上前……。もしかして、私が晃ちゃんに告白したときのこと？）

記憶を手繰（たぐ）り寄せようとしたが、酒に酔っているせいか、うまく思い出せない。

「晃ちゃん……？」

「……」

彼はまだうつむいたままだ。何を考えているのか全くわからない。

「……俺に飽きたのかって聞いてるんだよ」

低い声だった。

驚いた蒼恋が晃弘の顔を確認する前に、彼がこちらを見た。

眉根を寄せるその目が蒼恋の心を刺すような翳りを持っている。今朝、晃弘が出がけに一瞬見せた色と同じだ。

「あ、飽きたって、私が？　どうして私が晃ちゃんに飽きたりするの？」

「ストレートに聞いても答えてくれそうにないもんな。自分から言わせないとダメか」

「晃ちゃ、何……！」

何も身につけていない蒼恋の両手首を晃弘が強く掴んだ。瞬く間にバスローブの紐で括られてしまう。蒼恋は呆然としたまま、晃弘の顔を見つめた。

「悪い子には『おしおき』だって、約束したろ？」

「あ」

暗く微笑んだ彼は自分のバスローブも脱ぎ、蒼恋の体にのしかかった。

手加減はしているのだろう。両手首を縛られたが、どこも痛くはない。

だが、蒼恋の胸には不安な気持ちがみるみる膨らんでいく。こんなことをされたのは初めてだ。ふざけているのならばまだしも、晃弘はにこりともしない。

──これからいったい、何をされるのだろう。

蒼恋の体が小さく震える。呼吸は乱れ、酔いがさらに回った気がした。

「あっ」

晃弘が蒼恋の鎖骨に頬をすりつけた。

けれど、彼は何も言わない。

「あ、あ……んっ」

乱暴にされるのかと思ったのに、ことが始まるとその逆であった。

晃弘の唇と舌がいつにも増して優しく、蒼恋の肌を滑っていく。焦らすようにゆっくり、ゆっくりと。

なんともいえない生温かさに翻弄され、蒼恋の体の奥から熱くなる。

ふいに晃弘が、ため息をもらす蒼恋の両脚を大きく広げさせた。

「あ、ダメェ……！」

蒼恋は頭を上げて自分の下半身へ視線を移した。慌てる蒼恋を気にもとめず、晃弘は脚の間に顔を寄せている。

彼の温かな息を受け、そこが勝手にひくついてしまう。必死に体をひねるも抵抗できない。両手の自由が利かないのは不便だ。

「そ、そんなにじっと見ないで」

「いやだね」

無駄だとでも言わんばかりの低い声で一蹴されてしまう。

晃弘の舌が、唇が……蒼恋の太ももの内側から、さらに内へと這っていった。だが期待する場所には訪れてくれない。

柔らかなそれを、もっと違うところにほしいのに。そこじゃなくて、もっと……

「あ、晃ちゃん、あの……」

体をくねらせる蒼恋の言葉を、晃弘は当然のように無視した。そうして同じ行為をしつこく続ける。蜜のあふれるそこが、蒼恋よりも先におねだりしていた。

「んっ」

晃弘の髪が敏感な場所に触れる。それだけで電気が走ったように気持ちがいい。だが違う。髪ではなく、彼の唇と舌に吸いついてほしいのだ。

「あっ、ね……お願い」

我慢ができなくなった蒼恋は、とうとう懇願した。

「どうしてほしいのかはっきり言わないと、わからないよ」

「い……意地悪」

「あ、そう」

晃弘は愛想なく答えて、やはり周りしか舐めてはくれない。じれったさが蒼恋の理性を崩した。

「も、……もっと真ん中に、して」

「して、って何を？」

「もっと真ん中、舐めて……！」

「え、ちがっ、晃ちゃんそこ、きゃっ！」

望んでいないお尻のほうを舐められてしまった。驚いた拍子に蒼恋の腰が跳ね上がる。シャワーを浴びてきちんと洗ってはあるが、これはダメだ。

「やだやだ、やめて！　恥ずか、あんっ！」

腰を振って彼の舌から逃れようとしたとき、ようやく求めていた蜜の入り口をぺろりと舐められた。一瞬で甘い疼きが下腹から全身へ広がる。

彼は熟れた果実からあふれ出す果汁を吸い取るかのように、大きな音を立てた。ぬるぬるとした舌の感触が蜜の奥へ挿入っていく。

「あ、もっと晃ちゃ、あぅ、ひっ」

抜かれた晃弘の舌に最も敏感なところを刺激された。葡萄の皮を剥くかのごとく、彼の指がその小さな粒をむき出しにする。

「いつもより膨らんでるよ、蒼恋。縛られて興奮してるの？」

クスッと笑われ、蒼恋の頭に血が上る。そんなにいつもと違うのだろうか、と考えようとしたとき、粒に吸いつかれた。

「あぁっ！　あ……っ！」

頭の芯まで届く快感に、蒼恋は喘ぐことしかできない。

「真ん中って……ここ？」

びしょ濡れの蜜奥に、晃弘の長い指が挿入（はい）っていく。一本……二本だろうか？　わからないが、そんなことはもう、どうでもよかった。

じゅるじゅるという粒を吸う音と、ナカをかき混ぜる音が響き渡り、蒼恋は首をのけぞらせる。

「あっ、晃ちゃん……私、もう……っ！　ん、んーっ！」

お腹の内側へ押し当てられた指の感触と、粒を舐（な）め回す快感に夢中になりながら……蒼恋はあっという間に果てた。

「……あっ、あ……う」

ぴんと伸びた足先がまだ震えている。呼吸を整えるために体を弛緩させると、それを遮（さえぎ）られた。晃弘の指が再び蒼恋のナカをかき回しているのだ。

「い、今イッちゃったばっかりだか、ら……っ！　あ、ダメ」

濡れきったそこが、晃弘の指をぎゅうぎゅうとくわえ始めた。

体勢を変えた晃弘が蒼恋の顔の上に跨（またが）る。差し出された晃弘の大きなモノが目の前にあった。今にもはちきれそうなくらいに怒張している。晃弘はそれを、蒼恋の唇に押し当てた。

「俺のも舐（な）めて」

「え、あ……む、んん」

仰向けで喉を反らす蒼恋の口中で、晃弘が自分のモノを出し入れする。蒼恋の唇の端から唾液がはみ出し、つっと流れていく。

（ソファの上で手を縛られて、自分のそこも弄られながらこんなことされて……こんなの、いやらしすぎるよ……）

自分の姿を客観視したとたん、再び下腹から快感がせり上がった。

「蒼恋、もっと吸って」

「んっふ、んっ、んう……！」

じゅぶじゅぶという、どちらのものかわからない淫靡な水音へ、蒼恋の心も体も埋もれてしまいそうだった。晃弘のモノを口いっぱいに頬張って喉の奥まで苦しいのに……放したくないのだ。

「あ、ああ、いいよ、出そうだ」

「んっ、ふ、んんっ」

晃弘は喘ぎながら、蒼恋の口への出し入れを速くする。

「蒼恋……出して、いい？」

「ん、んん……んー」

蒼恋は何度もうなずきながら、晃弘の硬いモノへ必死に舌を絡めた。同時に晃弘の舌が蒼恋の粒に激しく吸いついてきたせいで、もう我慢の限界だった。

「蒼恋、蒼恋……！　イ、く……っ！」

「んっんーっ！」

晃弘の切ない声とともに、蒼恋も達してしまった。蒼恋の肌がぴくぴくと震え、桃色に染まっていく。

晃弘が蒼恋の口中で注いだ白濁液。それをなんのためらいもなく、ごくんと飲んだ。だが、飲みこみきれないそれが唇の端から垂れてしまう。

体勢を戻した晃弘が、再び蒼恋に覆いかぶさった。蒼恋の唇からはみ出た白い液体を指で拭い、唇をひらかせる。

「ん……っ」

そうして蒼恋の舌に自分の精液を塗りこんでいった。舌の上下を、頬の内側を、まんべんなく晃弘の指の腹がこすりつける。まるで蒼恋は自分の所有物だと教えこまんばかりに。

蒼恋は抵抗するでもなく、塗りたくられたそれを飲みこんだ。正直にいえば、まだ口ですることには慣れていないし、匂いも味も苦手だ。だが、晃弘のモノならいい。晃弘が蒼恋で感じてくれた証を、もっと体に取り入れたいと思うくらいに……いいのだ。

「は、はっ、う……」

呼吸の乱れる蒼恋の顔に晃弘が近づいた。彼の額には汗が滲んでいる。

「寂しかったのか？　蒼恋」

頬にキスをされる。けれど、まだ手首の紐はほどいてくれない。

蒼恋は頭がぼうっとして、どこにも力が入らなかった。

「さ……寂し、いって、私が……？」

だらしなくひらいてしまった唇から、どうにか言葉を発した。

「どうして北村と横浜にいたんだ」

「え……」

「俺が、蒼恋を見間違えるわけがないだろ。蒼恋が北村に腕を引かれてパン屋に入っていったのを、俺は見てたんだよ……！」

蒼恋の興奮が一瞬で冷めた。

晃弘の怒った声を聞くのはこれで二度目だ。

一度目は蒼恋が嘘をついたあと、何も知らないはずの晃弘の声を怖く感じたときだった。

そして今、晃弘は確信を持って怒っている。

（晃ちゃんが私と北村さんを見ていた。それで怒ったということ？　まさか、本当に北村さんの言う通り、晃ちゃんは嫉妬(しっと)している……？）

蒼恋は混乱していた。

「俺は蒼恋を束縛したくはない。蒼恋自身のためになることなら、いくらでも応援したい。でも」

絶対にあり得ないと思っていたのに。

「嘘をついてほしくはなかったな。それも男絡みのことで」

「北村さんとは別に、なんでもないの」

「なんでもないなら、なんで嘘をついたんだ？」

晃弘は北村と蒼恋の関係を疑っているのだ。

「それは――」

「北村には何も聞いていない。これは俺と蒼恋の問題だ。蒼恋は……俺のものだからな」

どくんどくんと蒼恋の鼓動が体中を駆け巡る。

「やっぱり年の近い男のほうがいいんだろ？　だから俺は怖かったんだ。いつか蒼恋は俺から離れて別の男のところへいくだろう、って。……言ったよな？」

切羽詰まった声だった。

「違う。晃ちゃん、聞いて」

「やましいことがないなら、わざわざふたりで隠れることはない。嘘をつくこともない。そうだよな？」

厳しい視線を浴び、蒼恋の体はすくんだ。

幼いころから、晃弘は蒼恋が何をしても怒ったりはしなかった。友里恵とちょっとした口論をすることはあっても、蒼恋とはそんなこと、ありようがなかった。それは蒼恋が子どもだったからだ。

成長するにつれて、蒼恋はそれがとてつもなくいやになった。晃弘に本気で相手にされていない。どうやっても彼に追いつけない。年齢の差を埋めることなんてできない。そう言われているようで。

それがもどかしくて、でもその気持ちを晃弘になんと伝えたらいいのか、ずっとわからなかった。

蒼恋をずっと優しく見守り、子ども扱いをしていた彼の瞳。

それが今、蒼恋が知らない、男のものに変わっている。その瞳はあんなにも望んでいたもののはずなのに、いざそうなってみると、戸惑う。そして心のなかは罪悪感でいっぱいになっていた。

「ほら、今も目が泳いでる」

「そ、そんなこと」

「俺に内緒で、そんなに悪いことしてたのか？　……北村とふたりで」

「してな、んうっ！」

奪われた唇に流しこまれたのは、先ほどのカクテルだった。口移しに入ってくる甘さを飲みこむとすぐに、晃弘が蒼恋の両脚を大きくひらかせた。

「最低なこと言おうか」

「な、に……？」

「今日は何もつけないで蒼恋のナカで出したい。蒼恋が拒んでも、俺のを注ぎたい」

晃弘は眉根を寄せ蒼恋をまっすぐに見た。

「蒼恋を俺だけのものにしたい。だから、俺……」

弱くなっていく彼の声に気づかされる。

（私――）

「俺、蒼恋のことが好きすぎて……気が変になりそうなんだよ」

（私、間違えたんだ）

「そんな顔するなよ、蒼恋」

無理に笑った晃弘の表情が、蒼恋の胸を切なく突いた。同時に、わっと涙があふれてくる。

「ひっ……っく」

「蒼恋!?　痛かったか？　ごめん、外そう」

「ち、ちがっ！　いいの、これは……！」

縛られた手首をぶんと横に振って、晃弘に訴える。

「晃ちゃんは、最低じゃない……う、うー」

涙がぼろぼろと零れた。

晃弘は結婚してからずっと、蒼恋のために避妊をしてくれていた。ふたりは新婚なのに。本当はいつ子どもができても、問題ない立場なのに。蒼恋がやりたいことができたときに、困らないようにしてくれていたのだ。

「ご、ごめん、なさい晃ちゃ、ん」

蒼恋のために、ずっと。

結婚する前もそうだ。四年以上誰ともつき合わず、蒼恋だけを思い続けていてくれた。蒼恋がいやだと思ったら、いつでも婚約を解消できるように蒼恋に手を出さずにいた。そして、蒼恋が家事が苦手でも、働きたいと言っても、いやな顔ひとつせず、笑って受け入れてくれた。

本当は晃弘にだって不満はたくさんあっただろう。だが蒼恋は、晃弘の優しさに甘えすぎて、今回の隠しごとは悪いことではないなどと考えたのだ。ごまかしても大丈夫だと。

勘違いも甚だしい。彼をこんなにも傷つけていたことに全く気づかなかった。自分は奥さん失格ではないか。

「晃ちゃんにこんなこと、言わせて……ごめんなさい」

「蒼恋」

「正直に言えばよかった。私、自分の見栄のために、晃ちゃんに嘘をついたの」

「自分の見栄のため？　どういうことだ？」

「本当のこと、言うね」

隠したかったのは、失敗したときに恥ずかしかったから。

晃弘や、友人たち、晃弘の周りにいた女性たちに追いつきたい気持ちを知られたくなかったから。

自分のコンプレックスを内緒にしておきたかったから。

そして晃弘の知らないうちに資格を取り、驚かせて、感心させて、自分を認めさせたかった。全部くだらない、ちっぽけなプライドだ。

結局それが大切な人を傷つけてしまったのである。

頬に流れた涙を晃弘が拭(ぬぐ)ってくれた。蒼恋はぐすんと鼻をすすり、深呼吸をひとつする。

「晃ちゃんに、内緒にしたかったの。試験が終わるまで」

「試験？」

「……うん」

晃弘は蒼恋の手首の紐をほどいた。背中に手を入れ、そっと抱き起こす。部屋の空調は暖かかった。

「なんの試験だ？」

「ホームステージャーの、一級の資格取得試験。北村さんと二級の試験を一緒に受けに、横浜へいったの」

「横浜に？　ホームステージャーの……？　俺は蒼恋が資格を取るのは大賛成だよ？　どうして俺に隠す必要があったんだ」

蒼恋にバスローブを羽織(はお)らせた晃弘は、自分のバスローブにも袖を通した。

「……嫌いにならない？」

「俺は絶対に蒼恋を嫌いにならない。こっちおいで」

晃弘は蒼恋をベッドに寝かせ、そっと抱きしめた。

「私ね、自信がないの」

「なんの？」

「晃ちゃんの奥さんでいる自信が」

「……なんでだよ。やっぱり心変わりでもしたのか？」

「そういう意味じゃない。全然そういうんじゃないの」

こちらを見ている彼へ蒼恋は全力で否定する。

「愛理たちが家に遊びにきたとき、みんなは仕事の話をしていて、私だけ取り残されたような気持ちになったの。そのあと、晃ちゃんと一緒にパーティーへいって、多野蔵さんと会ったでしょ？」

「ああ」

「多野蔵さんが、晃ちゃんがとてもモテてた、彼女も晃ちゃんに迫ったたって聞いて」

「それは昔の話で、俺は最初から断ってるって言ったろ？　説明したよな？」

「うん。それでも自分に自信が持てなかった。私はいつまでも晃ちゃんを追いかけてて、片思いのころのクセが抜けなかったの」

横向きになった蒼恋は、晃弘のバスローブの胸もとへ顔を押しつけた。ふわふわのタオル地が気持ちをホッとさせてくれる。

「晃ちゃんのお仕事の顔と……多野蔵さんを見てたら、また取り残された気持ちになって、どうにかしたくなったの。それで外に出て働こうと決めた」

「そうだったのか」

「そして、独立する晃ちゃんの役に立ちたいって思ったの。それで偶然知ったホームステージャーの資格を取ろうと考えて」

「どうして隠したんだ？　俺は反対しないよ？」

「内緒で試験を受けたのは、受かってから晃ちゃんを驚かせたかったから。一級に受かれば晃ちゃんに認められる、感心されるんじゃないかって期待したの。あと、落ちたら格好悪いと思って、くだらない見栄を張ってた」

「だから言わなかったのか」

「北村さんにも晃ちゃんには内緒にしてほしいって言ってたの……ごめんなさい」

晃弘の腕のなかで、蒼恋は頭を下げた。晃弘は蒼恋の顔を上に向かせ、自身も謝る。

「いや、俺のほうこそごめん。そういう事情だとは全く知らなかった。俺、やっぱり自分に自信がなくてさ。前にも言ったけど、十歳も年上だってことがどうしても気になって」

「晃ちゃん……」

「蒼恋が必死に何かを隠してるのはわかってた。でも、蒼恋が北村と一緒にいるのを目の当たりにして俺、ものすごくショックだったんだ。ああ、やっぱり年が近いほうがいいのか、そういうことかって、勝手に想像して納得してた」

「本当に北村さんとはなんでもないの」

蒼恋はこれまでのことを詳しく説明した。

わかったよ、晃弘はとうなずき、蒼恋の髪を優しく撫でる。

「聞いて、蒼恋」

「うん」

「俺、今さらだけど蒼恋に恋してる。……って言ったら引く？」

「え」

晃弘が自分に、恋……？

こちらを見る晃弘の表情は、まるで叱られた子犬のように自信なさげなものだった。

蒼恋の胸がきゅんとなる。

「ずっと恋をしているのは私のほうだよ、晃ちゃん。だから引いたりしない。そんなこと言われたら嬉しいに決まってる」

「ありがとう。蒼恋も、俺に対してこんな思いをずっと抱えてたのかと考えたら、つらくなったんだ。蒼恋の気持ちを俺は、全然わかってなかったんだな」

「そんなことない」

「そんなことあるよ」

「私と……仲直りしてくれる？」

蒼恋は素直な気持ちを吐き出した。

「それはこっちのセリフだよ。俺、蒼恋が働き出したことは嬉しかったんだ。一度は外に出てみたいだろうとは思ってたからさ。でもいざそうなったら、自分がどれだけ嫉妬深かったのかを思い知らされた」

ひとつ息を吐いた晃弘は、蒼恋の額に軽くキスをした。

正直な彼の気持ちを聞いて、蒼恋の胸が熱くなる。

晃弘は自分を愛してくれている。いつも完璧に見えた彼が、蒼恋の前ではひとりの恋する男性になっていたのだ――

彼の言葉をひとつひとつ胸にとめ、蒼恋は幸せに打ち震えた。

「乱暴にして、ごめんな」

蒼恋を包む、優しい晃弘の声。そのなかに蒼恋への思いが密かに燃えているのを、今夜は感じ取ることができる。

「全然……乱暴なんかじゃなかったよ。たまにはこういうのも、いいかな……なんて」

「無理してない？」

「してないよ。……それでね、今日はその、えっと」

「どうした？」

「このあと、晃ちゃんの思うがままにしても、いいから」

「どういう意味？」

「だから……さっき晃ちゃんが言ったみたいに」

「俺が言ったみたいって？」

「ナカに出しても、いいよ。今日、大丈夫な日だし、大丈夫じゃなくても私、晃ちゃんの赤ちゃんならいつでもほしい」

晃弘が驚いた顔をする。

自分からそんなことを言うのは恥ずかしすぎるが、今夜はどうしても言いたくなった。

「たくさん抱いて……晃ちゃん」

蒼恋を見つめる瞳にお願いする。

（晃ちゃんの気持ちを聞いて私、たくさんたくさん愛し合いたいって、そう思ったから）

「その顔は反則だよ、蒼恋」

晃弘が困ったように笑った。

「……反則？」

「あおりすぎだ。そんな表情されて、我慢できる男がいるわけないだろ」

「あ……っ！」

蒼恋を組み敷いた晃弘は、その首筋へめちゃくちゃにキスを落とした。間接照明のオレンジ色が蒼恋の視界をゆらゆらと揺らす。ベッドが何度も上下に軋んだ。

「晃ちゃん、好き……好き……」

彼の唇が押しつけられるたびに、蒼恋はうわごとのようにつぶやいた。

晃ちゃんが好き――

今まで何度、この言葉を彼に差し出しただろう。

その声に応えるように、晃弘の指が蒼恋の肌を愛おしげに撫でる。

（晃ちゃんに触られるのは心地いい。私、結婚してもまだドキドキしてる。晃ちゃんの体温や切なげな吐息や、私を抱きしめる力強さに、いつだって）

小さなころからずっと大好きでしょうがない、憧れの人。

唇を重ね、深くキスをした。舌が絡み合い、蒼恋の体の奥が再び燃え上がっていく。

起き上がった晃弘は、間接照明の光量を落とした。窓に映る夜景がダイヤモンドのようにくっきりと輝いて見える。

「もう挿れたい。いいか？」

「うん、きて……」

「本当に、つけないでいいんだな……？」

「いいの、お願い」

意思を確かめてくれる晃弘と唇を重ねる。晃弘は蒼恋の頬や髪を撫でると、その手で脚もひらかせた。すでに硬く滾るモノを蒼恋の入り口に押し当てる。

「あ……あ」

まるで蒼恋のナカを味わうかのようにゆっくりと……何もつけていない彼のモノが押し入った。直にこすれる部分が熱い。彼を受け入れるのが久しぶりのせいもあり、圧迫感がいつもより強かった。

「んっ、は……ぁ、あ」

蒼恋は堪えきれずに息を漏らした。すべてを埋めこんだ晃弘も同じように息を吐く。

「蒼恋……あ、いいな、これ」

「本当……？」

「ああ。蒼恋のナカ……最高だ。溶けそうだよ……」

優しく笑いかける晃弘は、次第に腰を動かし始めた。

「あっ、あ、晃ちゃ、んっ」

幸せな気持ちとともに快感がこみ上げる。

「愛してるよ、蒼恋」

「私も、あ、愛して、る、ああ」

愛の言葉に揺さぶられた蒼恋の奥から、何かが駆け上がってくる。さっき何度も達したのに、もう……

「あ、また私……っ！」

「まだダメだ」

「え、ひゃっ」

起き上がった晃弘は、自分が仰向けになった。そして蒼恋を上に跨らせる。

蒼恋の視界に夜景が入った。部屋のなかは暗い。外から見られることはないだろうが、少々不安だ。

「あ、あ」

そんな蒼恋の気持ちを知ってか知らずか、晃弘は一度引き抜いた彼のモノを遠慮なく突き上げる。ぐちゅ、と蜜の音がした。慣れない体勢に蒼恋は戸惑(とまど)う。

「自分で動いてごらん」

「……どうすればいいの？」

「上下に、こうして」

蒼恋の腰に晃弘が手を添える。彼に従い、腰を浮かせた。ナカにいる硬いモノをこするように、ゆっくりと上下に動いてみる。

「もっと速くしてみて」

「こ、こう……？」

晃弘の肌に蒼恋のお尻がぶつかる音と、つながるそこの水音が響く。蒼恋は恥ずかしさにうつむいた。だが、自分の両胸をわしづかみにしている晃弘の両手が目に入ってしまい、さらに羞恥(しゅうち)に襲われる。

「……そう、上手だ。いい眺めだな」

晃弘は胸を揉みながらにやりと笑った。重く揺れる胸を、わざと震わせている。

「もうえっち……あ、んっ！」

文句を言おうとしたのだが、突然突き上げられ、言葉を奪われた。

「も、もう急に、ダメッて、あっ！　やっ」

ずんずんと激しく突かれ、ナカが何度もきゅっと締まるのがわかる。蒼恋はどうしていいかわからず、とにかく晃弘の動きに合わせた。晃弘の手に掴まり、夢中で腰を振る。

そうしているうちに、今まで感じたことのない悦楽が蒼恋を支配し始めた。

「あっ、ふ、っあ」

「あ……もうヤバイ、俺……っ！」

顔を歪めた晃弘は蒼恋を持ち上げ、またも自身を引き抜いた。体を起こして蒼恋を仰向けにさせると、再びのしかかってくる。

「蒼恋、ナカに出すよ。いいな？」

「う、うんっ、晃ちゃんの、ほし、ああっ！」

返事が終わるのを待ちきれないように、一気に突き入れられた。蒼恋は晃弘の背中に手を回し、必死でしがみつく。

「蒼恋、蒼恋……っ！」

「晃ちゃ、んっ！」

熱くてたまらない。もう何がなんだか、よく、わからない――

「愛してるよ、蒼恋、愛してる……！」

「私も、愛してる、晃ちゃん、あ、あぁ……！」

晃弘が蒼恋のナカへ愛の塊を放ったと同時に、蒼恋もまた愛の境地へと達していた。


ほわりとした人肌の心地よさで目が覚めた。部屋がとても明るい。

昨夜降っていた冷たい雨はすっかり上がっていた。真っ青な空が窓いっぱいに広がる。

蒼恋がベッドサイドの時計に目をやると、すでに昼の十一時近い。

「……蒼恋？」

後ろから蒼恋を抱きしめる形で寝ていた晃弘が、掠れた声を出した。蒼恋はくるりと体を反転させる。

「晃ちゃん、おはよう」

「んー……」

声を出したものの、彼のまぶたはひらかない。まだ眠いのだろう。蒼恋は彼の頬にキスをした。

「蒼恋……」

「なあに？」

「何か、だるい」

「えっ、大丈夫？　具合が悪いの？」

「いや違う。昨夜……久しぶりだったのと、蒼恋の気持ちが嬉しくて、張り切りすぎたせいだ」

晃弘にぎゅっと抱きしめられて、裸の体がぴったりとくっつく。

張り切りすぎたという晃弘の言葉が蒼恋の顔を熱くさせた。昨夜は結局、明け方近くまでいちゃいちゃしていたのだ。

初めてナカで出されたあとも、数回同じようにされた。ひと晩であの回数は初めてだった。何より、晃弘が激しくて……

急激に恥ずかしくなった蒼恋は、晃弘の胸に顔を押しつけた。

「蒼恋は？　体、つらくないか」

「私は平気だよ。逆に体の調子はいいっていうか」

「さすが、若いな」

「晃ちゃんに抱かれた次の日は、温泉に入ったあとみたいに肌がつるつるになるの。いっぱい愛された証拠なのかな……？」

そう言って、晃弘と視線を合わせた。

今朝は特にそうなのだ。晃弘の熱を下腹に取りこんだせいかもしれない。体と心が満たされ、細胞まで生まれ変わったような感覚がする。

「素直にそういうことを口にする蒼恋は可愛いな。昨夜の危うさはどこにいっちゃったんだよ」

蒼恋を見つめ返す晃弘が目を細めた。

「どういうこと？」

「色っぽかったり無邪気だったり、泣いたり笑ったりする蒼恋から目が離せない。意識してないんだろうけど、蒼恋が俺をいつも夢中にさせてるってこと」

大きな手のひらが蒼恋の両頰を包む。近づく晃弘が甘い声で囁いた。

「可愛い……可愛い、蒼恋」

「んむっ！」

ちゅーっと晃弘にキスをされる。ぐいぐいと押しつけられた唇から、蒼恋が本当に可愛くてしかたがないという気持ちが伝わった。

「く、苦し……」

「ごめん、ごめん」

嬉しそうに晃弘が笑う。間近にあるその笑顔に胸が痛くなった。同時に申し訳ない気持ちが、胸いっぱいにこみあげてくる。

「ごめんね、晃ちゃん。嘘ついたりして」

「蒼恋」

「誤解させて本当にごめんなさい。もう絶対に変な隠しごとをしたりしない。約束する。

ごめんなさい」

「もういいって」

温かい手が、蒼恋の背中をそっと撫でた。

「晃ちゃんが私のことを、すごく好きでいてくれてるのも……よくわかったから」

「やっとわかってくれたか」

「うん、わかった。私……」

「ん？」

「私、自信持っていいんだよね？」

「それは俺のセリフだよ」

ぎゅっと抱きしめ合って、互いの温もりを確かめる。

心から愛して、愛されている。これ以上に幸せなことなどない。

つまらない見栄や意地を張っても何も得られなかった。奥さんとしてはまだまだ未熟だが、蒼恋は夫婦の絆についてまたひとつ、知ることができたように思う。

ふたりはホテルのチェックアウトを済ませ、銀座の街を歩き始める。

ネオンに包まれた昨夜の艶っぽさは嘘のように、さわやかな街並みだ。

「ホテルで食べればよかったかな。蒼恋は腹減ってないの？」

「私、なんだかお腹がいっぱいで……。不思議なんだけど、いつも晃ちゃんといっぱい、ああいうことすると、あんまりお腹が減らないの」

「なんでだろうな」

「自分でも、よくわからない」

食欲まで満たされてしまうのだろうか。他の女性はどうなのか、今度愛理たちに聞いてみようと蒼恋は思った。

「俺は少し減ったな。軽くつまむ程度でいいからカフェにでも入るか？」

「それなら私、銀座で一度いってみたかったお店があるの。そこにサンドイッチとケーキがあるんだけど、いい？」

「ああ、いいよ。そこにいこう」

洒落た青い看板の店に到着する。入り口の横は、こぢんまりとした焼き菓子の売り場だ。箱に入ったお菓子が美しく陳列されている。蒼恋たちはそこを通りすぎ、店内へ入った。

コーヒーのいい香りが漂う。清潔そうな真っ白いクロスがテーブルにかかっている。椅子も同様だ。家具はシックなブラウンで統一され、上品で落ち着いた雰囲気をかもし出している。昼直前とあって、席は三分の二ほどが埋まっていた。

創業五十年という老舗だ。蒼恋はここのケーキを一度は食べてみたいと常々思っていた。

晃弘はクラシックなサンドイッチを注文し、蒼恋はトレーにどっさりのせられた色とりどりのケーキのなかから、四角いショートケーキを選んだ。さらにミルフィーユまで頼む。どうしても両方食べてみたくなったのだ。

「すごくおいしい……！」

クリームの上品な甘みが舌の上に広がっていく。スポンジケーキの部分はふわっふわで、どちらもすぐに溶けてしまう。蒼恋は幸せの笑みを浮かべた。

「腹いっぱいだったんじゃないのか」

晃弘がクスクスと笑う。

店内はピアノのクラシック音楽が流れている。客はそれぞれおしゃべりに勤しんでいるため、蒼恋たちも気がねなく話すことができた。

「甘いものは別なの」

「別腹ってやつか。俺のサンドイッチも食べていいよ。足りなくなったら、もうひとつ頼もう」

「ありがとう。晃ちゃんにもケーキあげるね」

笑うと、晃弘はまぶしそうに蒼恋を見た。

「晃ちゃん……？」

「俺、ひとりで先走って何やってたんだろうな。蒼恋はこうしてちゃんと俺のそばにいるのに」

ぽつりと言った晃弘の声に、蒼恋の胸がきゅっと痛む。

「俺のそばで、笑っていてくれる」

「……うん。いるよ」

絶対にもう、彼にこんな声を出させてはいけないのだ。

蒼恋はミルフィーユのパイをナイフとフォークで崩し、カスタードクリームをたっぷりのせて、晃弘の口もとに差し出した。

「食べて、晃ちゃん」

「先にいいのか?」

「いいの」

蒼恋からミルフィーユを食べさせてもらった晃弘は、たちまち笑顔になる。この笑顔を、奥さんとして守っていかなければと思う。

「私、頑張るね。昨夜、晃ちゃんにたくさんパワーをもらったから、一級の試験も大丈夫な気がしてきたんだ」

自分の分のミルフィーユを切り始める。

「そうか。頑張れよ、蒼恋」

「うん、頑張る」

「無理だけはするなよ？　忙しいときは家事をさぼっていいんだからさ」

「ありがとう、晃ちゃん」

そこで、晃弘が急に真面目な顔つきになった。

「蒼恋は魅力的だよ」

「えっ」

蒼恋はナイフとフォークを落としそうになった。

「そのままで十分すぎるくらい、俺にはもったいない奥さんだと思ってる。だから自信がないなんて、もう二度と言うな」

「あ、晃ちゃ――」

「大好きだよ、蒼恋」

「こういうところで、そういうのは……えっと」

「恥ずかしがることないだろ、本当なんだから。俺も自分の目標に近づけるように頑張るよ」

晃弘は澄ました顔でコーヒーを飲んだ。

（人目もはばからずに言葉をくれる晃ちゃんに、私も応（こた）えたい）

サクサクのパイをもうひと口味わった蒼恋は、心のうちを彼に差し出した。

「私、いつでも晃ちゃんの赤ちゃん……ほしいと思ってるから」

サンドイッチを持つ手を止めた晃弘が蒼恋を正面から見つめた。蒼恋の頬がみるみる熱くなっていくのがわかる。多分、首まで真っ赤になっているだろう。

「それだけは、その、覚えておいてね？」

「ああ。俺も同じ気持ちでいるよ。いつでも、な」

晃弘が空いているほうの手で蒼恋の手を握った。指を絡ませると、そこから気持ちが伝わってくる。蒼恋を大切にしてくれている晃弘の気持ちが。

「蒼恋だって言うじゃないか、こんなところで」

「だって言いたくなったんだもん」

ふたりでクスクスと笑い合う。

蒼恋は今、夫婦としての幸せを噛みしめていた。

やっと自分に自信を持って気持ちを伝えられた。晃弘の本音を聞くことができて、本当の夫婦に近づいた気がする。一生そばにいると誓った人には、きちんと自分のことを知ってもらおう。背伸びをしすぎることは、もうこれきりでやめにするのだ。

美しい銀のスプーンをコーヒーカップに沈ませて、くるりと回す。渦を巻きながら溶けたミルクとコーヒーの香りが、ふたりの間を優しくいき来した。

＊＊＊

木枯らしが吹きすさぶ十二月初旬。それは蒼恋があと数日でパートの仕事が終了というときだった。晃弘がまたも、売れにくい物件を社長に任されたのである。

「今回はホームステージングを外注しようか悩んでる」

晃弘はスーツのまま、ソファにどっかりと座った。ネクタイを外しながら、やれやれといったふうに大きくため息をつく。

「この前みたいに、もう家具類は置いてある状態なの？」

「いや、まだだよ。まっさらな状態だ。とても広い部屋だから、逆にどこから手をつけていいのかわからないんだ」

もしも以前のように晃弘の手伝いができるなら、やらせてほしいと蒼恋は考えていた。今がその機会だと思い、晃弘の前に立つ。

「晃ちゃん、そのホームステージングを私にやらせてもらえないかな」

自分でも驚くくらいのはっきりとした声が出た。

「私、二級を取得してからずっと、やってみたいと思ってたの。お金はいらないので、やらせてください」

「いや、仕事としてやってもらうなら金銭は発生する。そこはきちんとしないとダメだが……蒼恋、本気か?」

「……本気です」

蒼恋の真剣な声を受け止めた晃弘は、小さくうなずいた。

「実は、社長が前回のことで蒼恋を評価している。蒼恋が二級の資格を取ったことを知って、やってみないかと言われたんだが、俺は即答できなかった。蒼恋に無理に押しつけたくないというのもあったし」

晃弘に隠すことをやめた蒼恋は、二級の資格を取ったことを社長にも話していた。北村にも、晃弘に資格の話をしたから蒼恋のことは誰にも隠さなくていいと言っておいた。

「今回はこの前の物件とはわけが違う。価格も倍近い。北村に頼もうかと思ったが、あいつは今顧客を抱えて忙しいんだ。新人だし、そちらに集中させてやりたい。俺も担当のお客さんが多くて今回は無理だ。だから蒼恋を手伝うことはできない」

「どういうこと?」

「基本的に蒼恋に任せっきりになる。責任もそれなりに発生する。それでもやるか?」

「……やります」

「わかった。蒼恋が本気でやるというのなら、俺からもお願いしたい」

晃弘はソファの横に置いたビジネスバッグを手にした。

「いい物件ではあるが、築年数のわりに値段が高い。それで買い手がつかないんだ。ここも売主さんが曲げてくれなくてね」

もともとが高級マンションだ。持ち主が値を下げたがらないのも無理はない。

「早速だが、パートに出ない日から始められるか？」

「始めます」

「社長に伝えておく。明日、蒼恋の昼休みに現場へ連れていくよ。これが間取り図だ。内見の画像はネットに載せてない分がタブレットにたくさん入ってる。チェックしておいて」

晃弘がビジネスバッグのなかから取り出したファイルとタブレットを蒼恋は受け取る。

「私、真剣にやります。でも、もしもダメだったら――」

「俺は蒼恋を信じてるよ。それに、売れるか売れないかは博打みたいなもんだ。成功率を上げてくれるのがホームステージングだと思ってる。もしも、なんて考えなくていい。社長も期待はしてるけど、必ず売れるとは考えてないから。そこは大丈夫だよ」

不安を追い払うように、晃弘が優しく笑った。

「わかった。ありがとう晃ちゃん。精いっぱいやらせてもらうね」

「頼んだぞ」

「はい！」

自信のない自分はいったん引っこめ、今はとにかくやるしかない。

蒼恋は早速預かった資料に目を通し、パソコンとにらめっこしながら計画を立て始めた。

物件は中目黒から徒歩十五分の分譲マンション。建築当時に高級マンションとして売られており、このあたりは人気のエリアなため、売主は強気の価格設定をしている。

「すっきりしていて、なおかつ高級感が滲み出て、生活するのに想像しやすいインテリア、そして便利な収納。もうリフォームは終わっているけれど、さらに使い勝手をよくするには……」

口で言うのはたやすいが、実際に考え始めると非常に難しい。

前回はすでに整えられた場所に自分の「好きなもの」を詰めこんでいけばよかった。あくまでも補助的な立場だったのだ。だが今回は違う。この前のようにまぐれ当たりに近いものではダメだ。

すべて一から始めなければならない。それもひとりで。

蒼恋は時間が許す限り物件のマンションへ通った。何十枚も画像を撮り、ちょっとしたスペースまでメジャーで測り、手帳に記す。匂いや湿度、時間によって変わる光の入り具合や室温なども調べた。

とにかく部屋の見た目……とりわけ第一印象が肝心だ。そこを重点的に攻めることにした。

帰りは中目黒の高架下に寄ってみる。ずらりと並ぶ個性的な新店舗をめぐり、最新のインテリアを目に焼きつけた。それが終わると、家に帰りがてら代官山周辺のインテリアショップやオシャレな家電店をめぐるなどして、イメージを固めていった。

食器や照明、タオルやちょっとした家電も選ぶ。集めた雑誌を眠る直前まで読み、ネットで海外の部屋などもチェックした。

周辺地域とターゲット層の関係については晃弘に聞き、そのクラスの人が好みそうな、それでいて今の流行り(はやり)を押さえられそうなインテリアを、蒼恋は必死に研究した。

今日で蒼恋のパートは終了である。最終日は三時に上がることになっていた。

「いろいろお世話になりました。このお花、ありがとうございます……！」

ちょうど客がいないときを見計らって、杉本と寺田が可愛らしいピンクの花束をプレゼントしてくれたのだ。

「お疲れさまね、蒼恋さん」

「上の階のみんなには挨拶したの？」

「さっきちょうど皆さんいらしたので、挨拶してきました」

晃弘もいたので蒼恋は緊張したが、社長始めみんなからお疲れさまの言葉をもらい、嬉しかった。

「あ、でもまだ社にはかかわっているのよね？　なんだっけ、ホーム……」

「ホームステージングをさせてもらっています」

「そう、それそれ。北村さんも資格取ったんだってね。頑張ってね」

「また遊びにきてよ？」

「はい。ありがとうございました！」

花束を抱えた蒼恋は、その足で中目黒の物件に向かった。明日、レンタルをした家具や収納用具、雑貨などを運び入れてもらうため、最終チェックにきたのだ。

「テーブルは壁に沿って置いたほうがいいかな。でも朝はここに直射日光が当たるから……」

何度も立ち位置を変えては考える。

そして翌日。いつ内見が入るかわからなかったため、家具などが運び入れられたのは夕方だ。蒼恋は家具の配置や収納を整え、雑貨や食器を飾った。リネン類も万端だ。納得いくまで何度もやり直す。

電気ストーブはあるが、部屋はとても寒い。気づけば夜の九時をすぎていて、晃弘が会社帰りに迎えにきてくれた。

ホームステージングをやり終えた二日後。蒼恋はひとり、実家に帰ってきた。

蒼恋の父母が寂しがるだろうと、晃弘が気遣って勧めてくれたのだ。彼のお言葉に甘えて今夜は実家に泊まることにした。

「久しぶりの我が家だー」

リビングのソファでごろりと仰向けになる。

「蒼恋の『我が家』はもう、代官山のおうちでしょ」

「あ、そうか。じゃあえっと、久しぶりの実家だー」

「おばか」

笑う母の顔を見ながら、蒼恋は深呼吸をした。いつもの匂いなのに妙に懐かしい。住んでいないと感じなくなるものなのだと、ちょっぴり寂しくなる。母の言う通り、蒼恋はもう、この家の住人ではないのだ。

蒼恋はここ数日間のホームステージングのことを思い出した。

やることはやった。後悔はない。これであの物件が全く売れる気配がなければ、別の策を考えればいい。

「もっともっと、勉強しなくちゃ……」

自分の力のなさを痛感した日々だった。寸法は測っていたのに、実際に入れてみると家具のサイズがぴったり合わなかったり、絶対にいいと思って置いてみた雑貨の色どりがちぐはぐだったり。スムーズにいかないことがたくさんあったのだ。

責任というひりひりとした痛みを胸に抱えつつも、蒼恋は充実感でいっぱいだった。

物件が売れるまでは安心できないが、ひとりでやり終えたという事実が嬉しい。

お茶を淹れてくれた母と、ダイニングテーブルで向かい合わせに座る。

フルーツがどっさりのっているタルトを一緒に頬張った。代官山の駅近くで買ってきた、お気に入りのパティスリーのタルトだ。

「このタルトおいしいわねえ。お父さんもきっと好きよ」

「そう思ってたくさん買ってきたから食べてね。私はあとで、おじさ……じゃなかった、お義父さんのところにも持っていくから」

「あら、それなら野田さんを呼んで、うちで一緒に夕飯食べましょうよ」

「そのほうが賑やかでいいね」

晃弘の父に会うのも久しぶりだ。

「晃ちゃんは、あとからくるの？」

「ううん。今夜は仕事が忙しくて無理みたい。蒼恋はゆっくりしておいでって言われたの。泊まってもいいんでしょ？」

「もちろんよ。お父さんも喜ぶわよ。……寂しがってたから」

タルトを口に入れながら母が苦笑する。

最近の父の様子、晃弘の仕事、姉の家族のことなどを、母とたくさん話した。一緒に住んでいたころよりも話が弾むのは、母と同じ立場になったからかもしれない。

夕飯時になり、晃弘の父がやってきた。

「蒼恋ちゃん、元気そうだね」

「はい、お義父さんも」

「蒼恋ちゃんに『お義父さん』って言われるの、まだ照れちゃうなあ」

「私も照れる」

ふたりで顔を見合わせて笑った。

蒼恋と両親、そして晃弘の父、四人で夕飯を囲む。

せっかくだからすき焼きにしようと、蒼恋の父が奮発して、仕事帰りにいい和牛の肉を買ってきてくれた。

みんなでわいわいとすき焼きの鍋をつつき合う。

「義理とはいえ娘ができるってのは、いいもんだなぁ。晃弘のところにきてくれた蒼恋ちゃんに感謝しないとな」

「いいだろ？　娘って可愛いだろ？」

父親同士が笑い合う。しまりのない顔とでもいうのだろうか。とにかくでれでれだ。

「ところで晃弘はどうだい？　ちゃんと蒼恋ちゃんのことかまってあげてる？」

「はい。いつも、とっても大事にしてもらってます」

「仕事仕事で忙しすぎて、蒼恋ちゃんがほったらかしにされるようなことがあったら、俺が怒ってやるからね。いつでも言うんだよ」

「ありがとう、お義父さん」

うまい酒と贅沢なすき焼き、そして楽しい団らん。自分はつくづく幸せ者だと蒼恋は思った。蒼恋が実家にいくことを勧めてくれた晃弘にも、心から感謝をしたい。

楽しい時間は瞬く間にすぎていく。

「ねえお母さん、アルバムってどこだっけ？　私が小さいころのやつ」

蒼恋はスマホで食事の様子を晃弘に送りながら聞いた。

母はお茶を淹れている。

「納戸から移動させたのよ。リビングの収納棚にあるから探してみて」

「わかった」

今ここに晃弘がいないせいだろう。無性に彼の昔の写真が見たくなったのだ。

最近の写真は全てパソコンで見られるようにしたが、小学生くらいまでの写真はまだ実家に置いている。

「あ、あった」

取り出した分厚いアルバムをめくっていく。

姉の友里恵に比べて、蒼恋の写真は少ない。次女の宿命というやつだ。パラパラと写真をめくっていく。

「あっ」

ある場所で胸がきゅんっと鳴り、手が止まった。

「晃ちゃんと、私だ……！」

コタツの前に蒼恋と晃弘が並んで座り、楽しそうに笑っている。ふたりは手にトランプを持っていた。

これは多分、遊園地へいった翌年くらいのお正月だろう。蒼恋は小学二年生、晃弘は高三の十八歳。確か……ふたりひと組になり、家族でトランプをしたのだ。晃弘と組んだ蒼恋は優勝し、父たちからお菓子の景品をもらった覚えがある。

お盆に湯呑をのせた母がリビングへ戻ってきた。

「それ、晃ちゃんが高校生のころでしょ？　イケメンよねえ」

「うん、すごく格好いい」

「蒼恋はちっちゃくて可愛いわね」

「ねえ、この写真、もらっていってもいい？」

「どうぞ。でも失くしちゃいやよ？」

「うん。大事にするね」

晃弘にも見せてあげようと思った。きっと懐かしがるに違いない。

「あーあーもう、お父さん。こんなところで寝てたら風邪ひくわよ。野田さんも、ほら」

「うーん……もう食えん」

「ん～……すみません～」

母は、座卓周りでごろ寝している父親ふたりに毛布をかぶせた。文句を言いつつも、母はいつも優しいのだ。

「ねえ、お母さん」

「ん？」

「奥さんって、大変だね」

母が目を丸くする。

「これから子どもが生まれたら、もっともっと大変になるわよ」

「そうだよね。お母さん、いつもありがとうでした」

「やっとわかってくれたのね」

「大変だけど幸せだよね。私、晃ちゃんの奥さんになることができて毎日が幸せなんだ。とってもとっても……幸せなの」

心からの言葉を口にする蒼恋に、母が嬉しそうに笑った。

「それはよかった。お母さんにとっても、蒼恋が幸せなことが自分の幸せにつながるのよ。何か心配ごとがあったら言いなさい。いつでも助けるから。先輩として、ね？」

「うん、頼りにしてます」

自分の子どもができたらこんなふうに言ってあげられる母親になりたいと、蒼恋は思う。

「あ、晃ちゃんから返信がきてる」

『楽しそうだな。俺も今度交ぜてよ』

スマホのメッセージにそう書かれていた。

蒼恋が笑みを浮かべると、母が察したように言った。

「今度は晃ちゃんときなさい。次は……お正月かしらね」

「うん。晃ちゃんにもそう言っておく」

晃弘と一緒に、みんなで楽しくすごすために帰ってこよう。蒼恋は昔の彼の顔を見てそう思った。

そして二週間後、年末に入る少し前。蒼恋がホームステージングをした物件にクレームがついた。

「家電のレイアウト……？」

その日、吉川不動産から、蒼恋に連絡が入った。

電話の相手は北村だ。実際にクレームを受けたのは別の社員だが、蒼恋同様ホームステージャー二級の資格を取った北村が連絡役の適任と言われたらしい。

「テレビの位置がマルチメディアコンセントから離れすぎている、っていうのが最初のクレームなんだけど」

「あっ」

思い当たるふしがあった。マルチメディアコンセントとは、テレビのアンテナとコンセントが複数並んだものだ。リビングだけではなく各部屋の壁に数ヶ所ついている。

「蒼恋さん、わかる？」

「そうだったかもしれません。画像を撮ってあるので確かめます。あと他にはありますか？」

「陽射しのあたる場所にダイニングテーブルはダメ、子供部屋にしようと思ったのにインテリアがモダンすぎて想像できないとか。まぁこのへんはいちゃもんだね」

「同じお客さんですか？」

「同じだよ。最後には『こんなことなら何も置くな』って言い捨てて帰ったらしい。どうせ最初から買うつもりのない冷やかしだろうって、みんなはそう言ってる」

目的が冷やかしだとしても、こちらがミスしたことには変わりない。ひとつあれば、他のさまざまなことまで気になるのは当然だろう。

「で、でも――」

「その客、結局あとから電話までしてきて社長に謝らせたんだ」

「えっ！」

「社長が中目黒の物件を見にいくから、もし蒼恋さんもいけたらきてって。勝手に直すわけにはいかないからお願いしたいそうだよ」

「わかりました、すぐにいきます！」

「あのさ」

「はい？」

電話を切るのかと思ったのだが、北村の話は続いた。

「あんまり気にしなくていいと思うよ。ミスはいけないけど、その他の指摘は別に直さなくていいと思う」

「……北村さん」

「俺がやってたら、もっとクレーム入ってたかもだし」

「そんなことないですよ。でも、ありがとうございます」

北村がホームステージングをするかもしれなかった物件だ。蒼恋を気遣ってくれているのだろう。その気持ちが嬉しかった。

「野田さんは今、別のお客さんを案内中なんだ。このことはあとで伝えておくから」

「ありがとうございます」

電話を切り、急いで支度をした蒼恋は、自分がホームステージングを担当した物件に急いだ。

マンションの部屋で待っていた吉川社長に頭を下げる。

「すみません！　私のミスです。見た目を優先しすぎて、わかっていませんでした……！」

持ち運び式の暖房がついていて暖かいが、待たせてしまったことやクレーム処理をさせてしまったことが申し訳なく、どういう顔をしていいかわからない。蒼恋の心に初めて、仕事についての責任がのしかかる。

「いや、蒼恋さんが悪いわけじゃないよ。ちょっと神経質気味なお客さんだったようだから、まぁしかたがない。こういうこともあるさ。顔を上げて」

「社長……」

吉川社長はにこやかな表情だ。

穏やかに接してくれる社長の期待に応（こた）えられなくて、とても悔しいと思う。

「こちらこそ、蒼恋さんに任せっぱなしにしてすまなかったね。他のお客さんからの評判は上々だよ？」

「でも、まだ売れていないんですよね？」

「そうそう売れるものではないからね。そんなに責任を感じなくていい」

せっかく任された仕事なのに、これでは中途半端に終わってしまう。それだけはいやだ。

「吉川社長。もう一度ホームステージングをやり直させてもらえませんか。家電の配置は今すぐに変えますが、それ以外も変えさせてください。今、この部屋にあるものでやってみます。少し考える時間をください……！」

蒼恋の勢いに押された吉川社長は目を丸くした。そして数瞬のあと、あははと笑った。

「社長？」

「君は、野田君に似てるな」

「えっ」

「その一生懸命さだよ。私は野田君のそういうところを気に入ってるんだ。彼は蒼恋さんに影響されたのかな？」

「い、いえっ、そんなことはないと思うのですが……」

「そう思っとけばいいんだよ」

もう一度笑った吉川社長は蒼恋に向き直った。

「わかった。もう一度、蒼恋さんにお任せしよう」

「あ、ありがとうございます！」

「ただし、物件が売れなくても責任は感じないでくれ。これぱかりは誰にも読めないことなんだ。気に病んで具合でも悪くなられたら、それこそ野田君に申し訳ない」

「わかりました。お気遣い本当にありがとうございます」

学んだことを足がかりにとことん客の目線に立つ。そんな基本的なことを蒼恋はまだわかっていなかった。だからあり得ないミスをしてしまったのだ。

反省した蒼恋はその場でテレビの位置を直し、家に帰ってインテリアを練り直した。


それから数週間経った一月上旬。今朝は、真冬の冷えこみがいくらか和らいだ。

休日のダイニングテーブルに、ほかほかの炊きたてごはんにアジのひらき、お漬物、ひじきの煮物と豚汁を並べる。

「いただきます。うまそうだな」

「ありがとう。……いただきます」

いつもならおいしいはずの朝ごはんが、今朝はなかなか喉を通らない。蒼恋は途中で箸を置いてしまった。

あと一週間でホームステージャー一級の資格試験だ。二級の講座の内容をしっかり覚え、やっておいたほうがいい教材や資料なども漁った。それなのにまだ完璧に勉強が終わっていない気がして、どうにも落ち着かない。昨日も、覚えたつもりの箇所がすっぽり抜けていたのだ。知識を入れることの他にも、もっと様々な住宅や店舗などを直接見たほうがいいのだろうか。だがもう、そんな時間の余裕はない。

そして……例の物件はまだ売れていなかった。

吉川社長は気に病むなと言ってくれたが、どうしても悩んでしまう。やり直さないほうがよかったのかどうなのか、よくわからなくなってしまった。

洗いものを食洗器に入れ終わったところに、晃弘がきた。

「蒼恋。散歩に出かけないか？」

「お散歩って、どこに？」

「近所に大正時代に建てられた木造建築の邸宅があるんだ。一般公開されてるんだけど知ってる？」

「そんなところがあるの？　いってみたいな」

「じゃあいこう。支度しておいで」

「うん！」

冷たい外の空気を吸えば、少し気分が変わるかもしれない。

そこは、家から歩いて十分ほどの場所だった。すっかり葉の落ちたものや常緑樹の交ざる木々のなかに、二階建ての立派な日本家屋が構えている。大正時代に建てられたというだけあり、木造の外壁部分や玄関、窓枠などが色の濃い茶に変わっていた。建物全体から歴史ある風情が漂っている。都会の中心部にあるとは思えない佇まいだ。

ふたりは観覧料を払い、なかへ入った。

「わぁ……！」

大きな玄関の奥には畳敷きの広々とした応接間がある。さらにいくつかある和室を進んだ。

「素敵ね」

「ああ」

「晃ちゃんはここにきたことがあるの？」

「いや、初めてだよ。一度見てみたかったんだ」

「そうだったの」

ぎしぎしと軋む板張りの廊下を進み、階段を上がっていく。世間は平日だからなのだろう、人はほとんどいない。

花の模様が描かれた珍しい板戸を見、廊下を歩く。木枠のガラス戸を通して床に柔らかな光が落ちている。

二階から繊細な造りの回遊庭園を眺めた。真冬の庭はどこか寂しげではあるが、きちんと整えられており情緒がある。続きの間は、大きな襖や瀟洒な欄間など、凝った意匠が随所に見られ、その美しさに蒼恋は圧倒された。

しばらく見回って、一階の和室へ下りる。こちらもまた隅々まで上品な趣きがあり、まるでタイムスリップしたようだ。

蒼恋は陽の当たる大きな洋室のベンチに晃弘と座る。庭に面した場所にベンチが設置されているため、眺めがいい。舞い下りた二羽の鳥が庭をちょこちょこと歩いている。

「こういうクラシックな場所もいいいな」

晃弘がゆったりとつぶやく。

「代官山にこんなところがあるなんて、全然知らなかった」

「このあたりは新しい店がどんどんできるだろ？　その代わりに、なくなっていく店も多いんだ。残念なことだが」

人気のある場所だからこそ、なのだろう。蒼恋がお気に入りのカフェも、いつまでそこに在り続けてくれるかはわからない。当たり前のことだと割り切るには、あまりにも悲しいことだ。

「こうして、百年近く経つ建物のなかにいると、古いものを保つためには相当な努力が必要だとわかる。でも、そういう労力を使ってでも残していきたいものがあるというのは、すごいことだと思わないか」

「うん、思う」

蒼恋はこくんとうなずいた。

「俺は作り手ではない。だけど、お客さんに仲介をする以上はきちんとしたものを売りたいと思ってきた。それには勉強をして、たくさんの家を見て、審美眼を養わないといけない。それでもいろいろ迷ったときには、こういう古い建物がある場所や、有名な建築家の建築物を見にいって初心に帰るようにしてるんだ」

脚を組んだ晃弘に、蒼恋は寄り添った。彼の肩に頭をこつんと乗せてみる。

「それで連れてきてくれたの？」

「うん、まぁ。蒼恋が行き詰まっているように見えたから、さ」

「晃ちゃんにはすぐバレちゃうね」

蒼恋は苦笑した。生まれたときから、彼は見守ってくれているのだ。蒼恋の心配ごとなどお見通しなのだろう。

「私、もうすぐ試験なのに何もできていないような気がして焦ってたの。講座を受けたあとにすぐ試験だから、できるのか不安で」

「誰だってそうなったら焦るよ。でもここまできたら、なるようになれだ」

「うん、そうだね。なるように、なれだよね」

「試験もだが、蒼恋が気にしてることはもうひとつあるんだろ？」

指摘されてどきんと胸が鳴る。本当に何から何まで、晃弘には伝わってしまう。

「うん。あの物件、まだ売れてないんだよね？」

「そんなにすぐ売れないもんだって。簡単に売れたら俺たちだって苦労はしないよ」

「社長もそう言ってくれたけど……」

「蒼恋」

晃弘が優しく肩を抱いた。

「蒼恋はもっと自信を持っていいと思うんだ。最初の物件が売れたとき、蒼恋がかかわってくれたことでお客さんの目を惹いた。偶然だけじゃないよ、蒼恋にはセンスがある。それは社長も認めてるから、蒼恋にお願いしたんだ」

「……晃ちゃん」

「だから大丈夫だよ。自信を持ってしっかり講義を受けて、試験に臨めばいい」

「うん、そうだね。ありがとう。頑張る」

「マンションが売れるかどうかは俺たちの仕事なんだから、蒼恋はどんとかまえていればいい」

「うん」

しばらく庭で遊んでいた小鳥たちは、囀りながら庭を飛び去った。雲ひとつない冬空の彼方へ羽ばたいていく。

「ねえ、晃ちゃん」

「ん?」

「ここみたいな場所をもっと教えて。晃ちゃんが見てきた素敵な場所に、私もいってみたい。試験が終わったら、いい?」

「もちろんいいよ。連れていく」

蒼恋が差し出した小指に、晃弘は自分の小指を絡めて約束をした。

ホームステージャー一級の資格試験は一月中旬の水曜日と木曜日に行われた。二日に亘(わた)る講座と試験だ。

試験を受け終わった蒼恋は、大きくため息をついた。

(ダメだった気がする。なんであんなヘマしちゃったんだろう。私のバカ)

うつむいたとき、後ろから声をかけられた。

「お疲れ」

「あ、お疲れさまです」

一緒に試験を受けた北村だ。終わったら一緒に帰るという約束をしていた。

「どうだった?」

ダウンジャケットを着ている北村は、リュックを背負い直す。蒼恋の腕時計は夕方の五時すぎをさしていた。

「……ダメかも、です」

「マジかよ」

「あと三十分というところで回答欄の位置を間違えていたことに気づいたんです。慌（あわ）てて直したんですけど……直したところを確認するヒマがなくて。小論文はなんとか書けましたが……」

　もう一度ため息をつく。試験内容はわかっていただけに悔しい。

「それはなんというか、お疲れさんだな」

「北村さんは？」

「大体は答えられたけど、俺もダメそうな気がしてきた。ていうか、情報が少なすぎてどれくらいが合格ラインなのかよくわからないんだよな。会社休んで二日間講義だのいろいろ受けておいて、これで落ちたら俺……ヤバすぎるだろ」

「最近この資格、人気が出てきたみたいですよね。思ってたよりも受講者が多くて驚きました」

「ああ、ちょっと舐（な）めてたよ。人気があるってことは、合格点も引き上げられそうだよなー」

　最近テレビドラマで取り上げられたこともあるのだろう。取得者が少ないと聞いていたのだが、これは予想外だった。今後はさらに人気が上がりそうだ。

「俺、インテリアコーディネーターのほうもあるし、こっちが落ちてたらシャレにならないんだ。ああもう逃げたい」

北村も盛大にため息をついた。

木枯らしが蒼恋の髪をなびかせる。雪でも降り出しそうな曇り空だ。

「そういえば、前に言おうと思って忘れてたんだけど」

「はい」

「野田さん、急に調子が戻って、ていうか調子がよすぎるようになったんだけど、やっぱりなんかあったの？」

「えっ」

晃弘のさらなる変化に北村は気づいた。ここで隠しても、今さらだろう。

「実は……北村さんの推理通りだったんです。ふたりで横浜にいたことはバレバレでしたし、私と北村さんとのことを、その、誤解してました」

「やっぱりな。でも、野田さんの調子が戻って、奥さんがここにいるってことは……とっくに仲直りしてるんだよな？」

「はい、してます。すみません、ご迷惑おかけして」

「いや、野田さんは俺に対してはいたって普通だったから、俺は何も。まぁ、大人だよな。大人だけど、その代わりに自分のミスは頻発ってわけか。見た目はクールにしててな。

も奥さんに関することでは動揺してたんだな」

「私には……クールではなかった、ですよ」

「ぶはっ、すごいなそれ」

　北村が噴き出した。

「野田さんは蒼恋さんのことが本当に好きなんだな。しかし、あの野田さんが、ねぇ」

「……会社の人には言わないでくださいね？」

「それは大丈夫、言いません」

　にやにやと笑う北村に対して、蒼恋は顔をほてらせてうつむくしかない。

　晃弘が蒼恋をどんなに愛してくれているか知った、あの夜を思い出したからだ。

「まぁ、元気出しなよ。まだ不合格って決まったわけじゃないんだし」

「そうですよね」

「とりあえずまた二週間後に実務研修があるんだし、そっちを頑張ろう。合否は今日から一ヶ月後だっけ」

「はい、そうです」

「俺も頑張るわ」

「私も頑張ります！」

　蒼恋は晃弘に「無事に試験終わったよ」とメッセージを送った。

それは二月に入ってすぐのことだった。蒼恋が夕飯の支度をしていると、晃弘から電話がかかってくる。

「蒼恋、今、ちょっといいか」

「どうしたの、晃ちゃん？」

「蒼恋がホームステージングをした中目黒のあの物件なんだが」

「な、何かあったの？」

晃弘が仕事中に電話をかけてくることは滅多にない。とすれば、以前のようにまたクレームでもついたのだろうか。

スマホを持つ蒼恋の手に力が入る。

「今日内見をしたお客さんが、蒼恋に会いたいって言うんだ」

「私に？」

「ああ。中古物件に家具があるのは珍しい、インテリアコーディネーターが入っているのかと聞かれたんだ。それでうちはホームステージャーにお願いしていると言ったら、お客さんが興味を示して、ぜひ会いたいって」

「もしかしてまた、クレーム……？」

「いや、違うよ。もちろんこの間のお客さんとも違う。その方、蒼恋にインテリアの話を聞きたいんだそうだ。まだ購入を迷っているご夫婦なんだけどね」

　正直に言ってしまえば怖い。だが、そんなことは言っていられない。

「わかった、いきます。その方たちとお話しします」

「大丈夫か？　無理ならやめてもいいんだぞ？」

「大丈夫。私のお仕事だもん。やります」

「俺も一緒だからフォローはする。早速お客さんに連絡を入れて日にちを決めるが、いいか？」

「はい。お願いします」

　電話を終えた蒼恋は、まだ胸がドキドキしていた。

　吉川不動産で客の対応はした。だがそれは受付という意味で接しただけだ。自分が責任を持った仕事のことで、初めて客と対面するのだ。

　蒼恋は何を聞かれてもいいように、細かい資料を作り始めた。

　そして会うことになったのは翌々日の午後。

　ぽかぽかとした陽気の今日は、マンションの部屋に柔らかな日が入って暖かい。晴天で、窓から外がよく見渡せる。客を迎える絶好の内見日和だ。

「はじめまして。野田蒼恋と申します」

　中目黒の物件に先に到着していた蒼恋は、あとからやってきた晃弘と客を出迎えた。

「あなたがホームステージャーさん？　ずいぶんと可愛らしい方がやってらっしゃるのねぇ」

「ほう、野田さんとおっしゃるんですか。そちらの野田さんと同じですね」

住吉（すみよし）夫婦がにこやかに笑った。晃弘の話によるとふたりは五十代半ば、子どもは独立済みだという。

「実は、私の妻でして」

晃弘が照れたように笑った。蒼恋まで顔が熱くなる。

「あらそうだったの？」

「ご夫婦で不動産にかかわるお仕事をされているんですね」

いいことだねぇと、またも夫婦が笑った。とても感じのよい人たちだ。蒼恋の緊張が少しだけほぐれる。

「わざわざお呼びだてしてしまってごめんなさい。このインテリアを考えた方にぜひいろいろと聞いてみたかったんです。今日はよろしくお願いしますね」

「いえ、呼んでいただいてとても嬉しいです。こちらこそ、どうぞよろしくお願いいたします」

挨拶は早々に、妻のほうが質問を投げかける。

「お伺いしたいことがたくさんあるの。たとえばね、私たち夫婦はもう小さな子どもがいないから、こういう空間は必要ないんです。でも、何も置かなければ殺風景になってしまうし。落ち着いたお部屋にしたいんだけど……」

妻がリビングから続く洋室を指さした。そこは子供部屋として使えるよう、明るい色のラグを敷き、小さなソファと低いチェストを置いてある。

「それでしたら、こういう感じにするのはいかがでしょう」

蒼恋は大きなカバンのなかから、インテリアの雑誌を数冊取り出した。パラパラとめくってふたりに見せる。いよいよだ、と思うと緊張した。

「あら、最近の旅館みたいにモダンね。素敵だわ」

「なるほど、和室に変えられるのか」

雑誌の一ページに掲載されているのは、正方形の置き畳が敷き詰められている広々とした洋室だ。中央にどっしりとした黒い座卓があり、紺色の丸い座布団が置かれていた。あとは何も置かないシンプルな空間に仕上がっている。

「畳の向きを置き替えて市松模様にしてみたり、ランプシェードを和紙のものにすると雰囲気がガラリと変わります」

「でも……リビングは洋風なのに、そこから続く部屋としては、ちぐはぐじゃないかしら？」

不安げな表情をした妻に蒼恋は微笑む。

「先ほど奥様がおっしゃった最近の旅館なんですが、和とモダンを取り合わせて、とてもセンスのいい配置をされているところがたくさんあります。たとえば……」

タブレットに入れておいたブックマークから旅館の部屋をいくつか見せる。

蒼恋が説明するそばで晃弘は黙ってうなずいていた。口を出さないのは蒼恋を信用してくれているからだ。彼が見守っている。そう思うだけで蒼恋の気持ちは不思議と落ち着いた。

「なるほど、そうやってみればいいのねぇ。印象が全然変わるわ」

「気持ちが明るくなるね。これはいい」

夫婦は何度も画像と部屋を見比べた。そして妻がふと、蒼恋に顔を向ける。

「ねえ、野田さん。もしよろしければ、他のお部屋の提案もしてくださらないかしら?」

「え」

「ねえ、あなた? そうしていただきましょうよ」

「そうだな。野田さんさえよければ、そうしてもらおう」

「私はもちろん、ご協力させていただきます!」

「では野田さん、お願いします」

蒼恋にうなずいた夫が晃弘を振り向く。

「ということは……こちらをご契約ということで、よろしいでしょうか?」

いくぶん驚いた晃弘は、瞬時に落ち着いた声に戻して夫にたずねる。

「実を言うと、もうすでに散々考えて、こちらの物件にほぼ決めていたんですよ。もう一度ここにきてみてインテリアの説明を聞き、納得がいったらこの場で決めてしまおうと思っていました」

夫婦は襟を正して晃弘に向き合った。晃弘も背中を正す。

「ありがとうございます。このあとお時間をいただけるようでしたら、早速、弊社にご一緒いただけますでしょうか？　今後のお話をさせてください」

「そうだね。いきましょう」

妻がもう一度、蒼恋に笑いかける。

「野田さん、ありがとうございます。あなたにお話が聞けてよかったわ」

「こちらこそ、ありがとうございます。私も勉強をさせていただきます」

「では、よろしくね」

右手を差し出された蒼恋は、震える両手をなんとか差し出して温かな手を握った。

「よろしくお願いいたします……！」

その後、すべての部屋のインテリアの相談にのり、住吉夫婦を満足させることができたようだ。夫婦が外に出るのを、晃弘が玄関扉を開けて待っていた。彼らが外に出て扉を閉める直前、晃弘は部屋に残る蒼恋を見つめる。その目が力強くうなずく。「やったな！」と言っているのがわかった。

晃弘に飛びつきたいくらいの嬉しい気持ちを抑え、蒼恋は彼の瞳をしっかり見つめ返してうなずいた。

成果が形となって表れる。その瞬間に立ち会えた蒼恋は、仕事をやり遂げた実感を何度もかみしめた。

バレンタインの今日、外は冷たい風が吹いている。夜遅くに雪が降るかもしれないとの予報だった。

「晃ちゃん、今夜は遅いんだよね。帰りは寒いだろうな」

彼は飲み会があると言って、夕方にいったん車を置きにきて、電車で出かけていた。

キッチンに立った蒼恋は買ってきた材料を見つめる。ブラックチョコにバター、卵と砂糖。薄力粉にナッツが数種類。

「時間はたっぷりあるし、頑張って作ろうっと」

腕まくりをして気合を入れた。

今までは手作りキットを買って作ったチョコレートだったが、今年は結婚してから初めてのバレンタインだ。せっかくなので何か手作りのお菓子にすることに決めていた。

実は晃弘には内緒で何度か作り、姉と姪っ子に味見をしてもらっている。だから味に自信はあった。晃弘においしいと言ってもらえるように、今夜は特別愛情こめて作るのだ。

「うん、いいんじゃない？」

焼き上がったチョコマフィンをオーブンから取り出す。たちまち甘い香りと幸福感に包まれた。

「いい匂い。味見、味見、と」

熱々のマフィンを半分に割ってみる。息を吹きかけて冷まし、口へ放りこんだ。濃厚なチョコの香りがぶわっと広がり、鼻を抜けていく。ごろごろと入ったナッツが香ばしく、もっちりしたマフィン生地ととても相性がいい。思わず顔が綻(ほころ)んでしまう。

「おいしい、大成功。これなら晃ちゃんも喜んでくれるよね？」

もうひと口食べようとしたときだった。

「ただいまー」

「えっ！」

がちゃりとドアがひらいた。晃弘の声だ。まだ九時前である。

バットに並べたマフィンをそのままに、蒼恋は慌(あわ)てて玄関へ駆け出す。コートを手に、晃弘が靴を脱いでいた。

「晃ちゃんお帰りなさい。早かったのね」

「接待先がふたりともダウンしちゃってさ。多分インフルっぽいからって延期になったんだ」

「流行ってるもんね。ごはんは？」

「軽く済ませてきたよ。……なんか、いい匂いがするな？」

かがんだ晃弘が顔を寄せてくる。

「えっと……バレバレだよね、ひゃっ」

ぺろりと唇の横を舐められた。

「甘いな。チョコケーキ？」

晃弘はにっと笑い、蒼恋の頬にもキスをした。

「チョコマフィンなの」

「俺にくれるの？」

「うん。今日バレンタインだから」

「ありがとう、蒼恋。愛してるよ」

「わ、私も、愛してる」

晃弘に抱きしめられると心と体が一瞬でぽかぽかと温まる。心地よくて、ずっとこのままこうしていたくなってしまう感触だ。

「でき立てなんだけど、今食べる？」

「ああ、食べたいな。着替えてくるよ」

蒼恋は急いで準備を始めた。

着替え終わった晃弘をソファに座らせる。お皿にのせた焼き立てのチョコマフィンを渡した。コーヒーテーブルにはふたり分のストレートの紅茶も用意する。

「おお、うまそうだな」

「食べて、食べて」

蒼恋も彼のとなりに座った。嬉しそうにマフィンを頬張った晃弘は、「おいしいよ」と何度も誉めてくれる。

頑張ってよかった。この気持ちのままに伝えてしまおう。今日、家に大きな封筒が届いたことを。

「あのね、晃ちゃん」

「うん」

嬉しい報告ではあるが、蒼恋は緊張していた。部屋はしんとして、心臓の音までも晃弘に聞こえてしまいそうだ。

じらしても意味がない。蒼恋は息を吸いこみ、ひと息に言った。

「私、一級に合格しました」

「……そうか」

晃弘はお皿をコーヒーテーブルにそっと置き、蒼恋に向き直った。

「おめでとう蒼恋。よかったな……！」

「あ、ありがとう」

両手を広げて微笑んでいる晃弘の気持ちに応え、蒼恋はその胸に飛びこんだ。彼の着るグレーのカシミアニットが頬にふんわりと触れる。一気に緊張がほどけた。

「よく頑張った」

晃弘が優しく抱きしめてくれた。

「私、試験に落ちるかもしれないって思ってたの」

「そうだったのか？」

「実は私、回答欄を間違えたの。直前に直したんだけど、確認はできなかったから本当に自信がなかった。講義や実務研修があるから試験だけの結果ではないのはわかっていたけど、もしそれで落ちたらと思うと怖かった。講義を受ける人が予想外に多かったから」

一級の試験を受ける人数が回を重ねるごとに増えているらしく、次回の講義の募集人数はすでに満員で締め切られている状況だ。これからメジャーになっていく資格なのだろう。

「そういえば、北村も受かったって。聞いた？」

「ううん、聞いてない。受かったのね、よかった」

よい結果を聞いて蒼恋は胸を撫で下ろす。不安そうにしていた北村もどんなに安堵しただろう。

「会社に合否の通知が届いたんだよ。だからうちにも届いたんだろうとは思ってた」

「知ってて言わないでいてくれたのね、晃ちゃん」

蒼恋が自分から言うのを待っていてくれたのだ。

ニットの背中に手を回し、彼にぎゅっとしがみつく。晃弘は何度も蒼恋の髪を撫でてくれた。

しばらくそうしていると、晃弘が言った。

「いつものことだけど、三月は仕事の忙しさがピークになるんだ。蒼恋も住吉さんのマンションのインテリア、三月から始めるんだっけ？」

「うん」

住吉夫婦の契約が完了したあと、蒼恋が協力することになっている。

「だからその前に出かけないか」

「どこに？」

「昔、蒼恋といった遊園地の植物園だよ」

「……急に、どうしたの？」

晃弘を異性として好きなのだと自覚した、幼い自分の思いが甦る。大切な思い出の場所だ。そういえばあれから一度も、あの遊園地を訪れていない。

「また、蒼恋と一緒にいきたいと思ったんだ」

晃弘は紅茶を飲み干し、蒼恋に微笑んだ。

「私も、晃ちゃんともう一度一緒にいきたい。植物園がどうなってるのかすごく楽しみ」

「じゃあいこう」

「うん。……んっ！」

晃弘に唇を重ねられる。肩を強く抱かれ、キスは深いものへと変わった。

彼が食べたチョコマフィンの味が蒼恋の舌に伝わる。優しく優しく蒼恋の舌を晃弘の舌が舐め取り、吸い上げる。互いの唇の間から、徐々に荒くなる息が漏れ出た。

しばらくそうしてから唇を離した晃弘は、もう一度軽いキスをした。

「ごちそうさま。おいしかったよ」

「う、うん。よかった」

晃弘の笑顔がまぶしくて、蒼恋は思わず顔を伏せる。

（ごちそうさまって、私の唇じゃなくて……チョコマフィンのことだよね？）

夫婦になってから何ヶ月も経つというのに、こういうことはまだドキドキしてしまうのだ。

　蒼恋はテーブルに置いた紅茶をこくんと飲み、心を落ち着けた。

「今まで蒼恋が俺にくれたチョコも全部うまかったよ。でもこのマフィンは特別おいしかったな」

「ほんとに？　今回は最初から全部手作りしたの。今までは手作りキットを使っていたんだけど、今年は晃ちゃんの奥さんになったんだし、頑張ろうと思って」

「そうだったのか。ありがとうな、いつも」

　晃弘の胸にもたれかかり、彼の穏やかな声を聞いた。テレビのついていない静かな部屋で、互いの息遣いが合わさっていくのを感じる。

「俺、蒼恋と結婚して本当によかったと思ってる」

「……晃ちゃん」

「それも、毎日だよ。蒼恋と毎日すごすたびに、そう思う気持ちが強くなってるんだ」

　顔を上げると、晃弘がこちらを見ていた。

「嬉しい。私も晃ちゃんと結婚してよかったって、毎日思ってる」

「これからもよろしくな、奥さん」

「こちらこそ……あっ！」

　返事をすると同時に、くるりと体を反転させられた。ソファの上に仰向けになった蒼恋の目に、天井の照明が飛びこむ。

「蒼恋、好きだよ」

「んっ、んう……」

再び深くキスをされる。舌を舐(な)め合っていると、体がほてっていき、チョコレートのように脚のつけ根が甘く溶けた。

「あっ……んっ、晃ちゃ……」

首筋にたくさんキスを落とされる。その感触にぞくりとして思わず声が出てしまう。

「あ」

「蒼恋は? 俺のこと、好き?」

「んっ、好き、晃ちゃんのことが好き」

「蒼恋……蒼恋」

カーディガンの上から胸をまさぐられた。晃弘の荒い息遣いから興奮が伝わってくる。

戸惑(とまど)いながら蒼恋は彼に問うた。

「え、あの、ここで?」

「そうだよ」

「でも私、まだお風呂に入ってな、あんっ」

耳たぶにちゅうと吸いつかれた。晃弘の吐息が蒼恋の耳に落ちる。

「俺だってまだだよ」

「……晃ちゃんは、いいの」

「蒼恋だってそのままでいい。むしろそのままがいいんだけど」

「んっ、晃ちゃ、あ、あ」

　スカートのなかに晃弘の手が入る。タイツを穿いた太ももの内側を、ゆっくりなぞられた。そこから上にあがってくる。晃弘の指の腹が、ショーツの真んなかを探り始めた。蒼恋の体はとっくに反応していて、すでに湿っている。

「今すぐ蒼恋のことを抱きたいんだ、ここで。……ダメ？」

　晃弘が上目遣いで蒼恋を見た。こうやっていつも甘えてくるのだ。そんな晃弘が愛しくてたまらない。

「ううん、ダメじゃない。……抱いて」

　今度は蒼恋が晃弘の耳もとへ甘い息を吐く。

「好きだよ、蒼恋。愛してる」

「晃ちゃん、好き……私も愛してる」

　彼の体温が、匂いが、優しい指使いが、唇が、大好き。

　その思いをこめて晃弘にしがみついた蒼恋は、自分にできる精いっぱいで彼の愛に応えたくなった。

「んっ、んふ……っ」

深いキスで息がうまくできない。喘ぐ蒼恋を、晃弘が抱き起こした。もどかしそうに蒼恋の白いニットやブラを脱がせる。

「寒いか？」

「ううん、エアコンがあったかいから、全然平気」

今日はいつにも増して晃弘が急いているように感じた。晃弘も素早く着ているものを脱ぎ、上半身裸になる。

「俺、いつもより興奮してる」

蒼恋を膝の上に乗せ、あらわになっている肩にいくつもキスを落とす。

「私が合格して安心したから？」

「それもあるかもしれないが、ちょっと違うな」

艶のある声が蒼恋の体をぞくりとさせた。

「蒼恋。最近、すごく綺麗になったよ」

「え……」

「大人になった。表情が全然違う」

本当に？　と聞き返す蒼恋の頬に、晃弘がそっと口づける。

「自信がついたんだろうな。蒼恋は気づいていないだろうが、まぶしいくらいだ」

すぐそばで晃弘が目を細めた。彼の情熱を受けた蒼恋の頬が、かっと燃え上がる。

「俺の知らない蒼恋といるみたいでドキドキする。それでいて、俺のためにケーキを作ったり、無邪気に笑ったり……可愛くて、蒼恋が魅力的すぎて、どうにかなりそうだよ」

「晃ちゃん、誉めすぎだよ」

「本当のことだからしかたがないだろ。今まで以上にひとり占めしたくなる」

晃弘の目が挑むように光り、スカートのなかをまさぐりながら、タイツとショーツに手をかける。

「あ」

一気に両方を脱がされ、スースーとした脚の間に指を挿れられた。

「んっ」

「もうこんなに濡れてたのか。……いやらしい子だな」

「そんなこと、言わないで……あぁ」

長い指が蒼恋のナカで動くたびに、くちゅくちゅという音が聞こえてくる。

「蒼恋のそんな声を聞けるのは俺だけだからな？」

「当たり前、だよ、晃ちゃん」

「そういう、涙目してとろけそうな顔も、な」

「んう……！　んんっ」

唇が重なり、舌を掬い取られた。晃弘の舌が、ねっとりと蒼恋の舌を蹂躙する。散々舐め尽くされたあと、ようやく解放された。

ぐったりしていた蒼恋は、今度はソファの上に四つん這いにさせられる。すっとスカートを下ろされた。

「あ、見ちゃいや……！」

全裸になってしまい、慌ててお尻を下ろそうとしたが、晃弘の大きな手に押さえられて叶わない。

「綺麗だよ、蒼恋。もっと見せて」

蜜のあふれた部分に顔を近づけられている。ふっと息を吹きつけられ、蒼恋の下半身がびくんと揺れた。

「あっ、恥ずかし、んっ、あ！」

蜜をすする音が聞こえる。ぬるりとした晃弘の舌が、剥き出しになった入り口を舐めているのだ。

「こんな格好、いやぁ」

明かりは煌々と点いているし、仰向けで脚を広げているときより遥かに奥まで見せているようで、羞恥に気が遠くなりそうだった。

「蒼恋の、チョコレートより甘いよ」

じゅうじゅうと、晃弘はわざと大きく音を立てる。いつものことではあるが、今夜は特に恥ずかしい。と同時に、上昇していく快感に抗う力が失せていく。必死に腰を左右に振ってみてもなんの抵抗にもならない。それどころか、晃弘をあおっているだけのようだった。

「ぁ、あぁ……あんっ」

「いいだろ？　素直になってごらん」

「ん、い、いい」

「可愛いな、蒼恋は」

嬉しそうな声とともに、晃弘のベルトの金属音が耳に届いた。彼も下を全て脱いでいる。

「もう、挿れるよ」

後ろから晃弘が覆いかぶさった。温かい肌がぴったりと触れ合い、蜜の滴るそこへ、硬いモノが押しつけられる。

「今日もつけなくて平気か？」

「いいの、晃ちゃんの、そのまま挿れて」

「あおるのが上手になったな。……挿れる、ぞ、っ」

「あんっ！」

ずぐりと奥まで突き入れられ、蒼恋の頭のてっぺんまで快感が走り抜ける。

「すご、い……！　あう、あぁっ！」

「ああ、いいよ、蒼恋、最高に気持ちいい……！」

激しく腰を振る晃弘に揺さぶられ、快感がとめどなく襲ってくる。あまりの気持ちよさに蒼恋は大きな声で喘（あえ）ぎ続けた。

「んっ、んっ、あ！　晃ちゃ、晃ちゃん、んっ！」

蒼恋はソファにしがみつき、自身も夢中で腰を振った。晃弘のモノをしめつけているのが自分でもわかる。

「蒼恋いいよ……溶けそうだ」

「あっ、あぁ……あんっ」

肌と肌がぶつかり合う音が頭の奥まで響いてくる。もっと、もっとほしい。奥まで晃弘を感じたいのだ。

晃弘はたわわに揺れる蒼恋の胸を後ろからわしづかみ、なおも切ない声を出す。

「ダメだ、もう。ごめん蒼恋、もたない……！」

「んっ、いいよ、出し、て！」

「こっち向いて、蒼恋」

「きゃっ！」

自分のモノを引き抜いた晃弘は、蒼恋を仰向けにさせた。息をつく間もなく、正面からのしかかり、愛液にまみれた屹立で蒼恋を貫く。

「あっ、あっ、あぁっ！」

「なんでいつも……こんなにキツいんだよ、蒼恋は、くっ」

激しく腰をぶつけながら、襲ってくる快感に晃弘が顔を歪めた。蒼恋は朦朧としながらも、晃弘のこの表情がとても好きだと思う。自分で感じている晃弘が、必死に快楽に耐えようとしているその表情が愛しいのだ。

「愛してる、晃ちゃん、愛してるの……！」

「蒼恋愛してるよ、蒼恋、蒼恋、ああっ」

うわごとのように名を呼び合いながら、懸命に腰を押しつけ合った。

「出すよ、蒼恋のナカ、に」

「いっぱい、ちょうだ、い、ああっ！」

「蒼恋……っ！」

つながる奥から、恍惚という名の快感がのぼってくる。目の前で何かが弾け、まばゆい光の海に放り出された。

「私もイッちゃ、う、ううー！」

「イ、ク……っ！」

激しく出入りしていた晃弘のモノが、蒼恋のナカで一気に自らを放出させた。熱く注ぎこまれる塊を感じながら、蒼恋もまた、情熱の悦楽を最後の一滴まで取り入れようと甘く痙攣している。

互いの荒い息遣いしか聞こえない。しばらくぐったりとし、汗ばんだ体をくっつけていたが、晃弘の様子がいつもと違うことに蒼恋は気づいた。

「……晃、ちゃん？」

いつまでも蒼恋のナカにいて、自身を引き抜こうとはしない。それどころか……

「え……あんっ！」

体を起こした晃弘に奥を突かれた。緩やかに引いていくはずだった熱が、蒼恋のナカに居続ける晃弘によって再び灯される。

確かに今、出したばかりのはずだった。なのに、また蒼恋のナカを圧迫するまでに硬く、大きくなっているのだ。

「ま、また？」

「まだおさまりきらない。蒼恋……蒼恋っ」

「晃ちゃ、あ……っ！」

まるで子どものように晃弘は蒼恋にすがりついてくる。甘い快楽から一転、再び激しい悦楽へとともにふたり落ちていくのだ。

互いの愛の蜜が混ざり、零れ、気を失いそうになるまで愛し合った。蒼恋は絶頂を体中で感じながら、晃弘の妻である幸せに溺れた。


二月下旬の水曜日。

晃弘の休日にふたりは約束していた場所へやってきた。そろそろ春が訪れるよと、教えてくれるような穏やかな陽気に、蒼恋の心が躍る。

「本当に久しぶり……！」

遊園地の敷地内にある植物園は、平日のためか人もまばらだ。

独特の湿った空気に満ちる巨大な温室。鮮やかな熱帯の木々が茂り、甘い匂いが漂っている。

「蒼恋はあれから一度もきてないのか？」

「うん、きてないと思う。晃ちゃんは？」

「俺もだよ。あのころより、ずいぶんと植物の背が高くなった気がするな」

「私は昔のほうが植物が大きく感じてた。ジャングルにいるみたいだったもん」

「ああそうか、蒼恋は自分が大きくなったんだもんな」

手をつないで温室のなかを散策する。サボテンやヤシの木、シダの葉などがところ狭しと生えている。青い葉が芽吹くのを待つ植物もあった。

「植物園って暖かいよね」

「ああ。新婚旅行を思い出したよ」

「私も」

「またいこう。絶対に連れていくから」

「うん！」

新婚旅行を思い出した蒼恋は、つないでいる手をぎゅっと握った。

ずっと片思いしていた年上の幼なじみ、晃弘から一年前にプロポーズをされた。その後とんとん拍子に結婚して、新婚旅行でとびきり甘く愛されて……

そして、彼にふさわしい女性になりたくて資格を取ろうと決めた。

北村との関係を誤解させてしまったのは心から反省しているが、晃弘の嫉妬する姿を見ることができたのは貴重な経験だったと思う。あの一件があったから、どんなに晃弘が自分を愛してくれているのかを知ったのだ。

いつでもとなりで、晃弘は蒼恋を大切に思ってくれている。

「ありがとう、晃ちゃん。私のわがままを聞いてくれて、やりたいようにさせてくれて」

「いや、俺は何もしてないよ。蒼恋がしっかり自分で頑張った結果だ。それで……蒼恋に俺からの合格祝い、っていうか合格祝いになるかはわからないんだけど……」

「なあに？」

「実はうまいこと話が進んでて、思ったより早く独立できそうなんだ。このままいけば、来年早々にも店舗を構えられそうだ」

「すごい……！　晃ちゃん、おめでとう」

「ありがとう」

　三年以内とは言っていたが、まさかこんなに早く実現できそうだとは。晃弘の努力の結果を蒼恋は心から嬉しく思った。

「それで前にも言ったけど、独立の前に俺たちの新居を建てたいんだ。だから今年の夏前には建て始められるようにしたいと思ってる」

「本当に？」

　立ち止まった晃弘が、驚く蒼恋の前にまわった。黙ってこちらを見下ろしている。

「どうしたの……？」

「蒼恋に頼みたいんだ」

　晃弘は蒼恋の両手をそっと取り、優しく握った。

「何を？」

「蒼恋の仕事を予約したい。俺たちの家をよりよくするための助言を、蒼恋にお願いしたいんだ」

「……私に？」

「そうだよ。家を建てるのは建築士に頼むが、細かいところは全部、蒼恋が建築士と相談して決めてほしい。引き受けてもらえるかな」

必要なことをすべて蒼恋が提案する。晃弘が蒼恋を心から信頼して任せてくれるのだと理解できた。

「もしかしてこれが合格祝い、なの？」

「ああ。俺からの真剣な合格祝いだ。受け取ってくれる？」

「私……やらせてもらえるなら、やりたい。でも本当にいいの？」

「いいからお願いしてるんじゃないか」

「ありがとう。私、素敵なお家になるように頑張る……！」

まさかそんなことを言われるとは思っていなかった。晃弘の気持ちが嬉しくて、蒼恋は彼の胸に飛びこむ。

「俺が独立したら、会社が管理する賃貸住宅のリフォームや賃貸の店舗を改築するときに、蒼恋にサポートをお願いしたい。そのうち中古物件を抱えるときがきたら、ぜひホームステージングを頼みたいんだ」

「うん、できる限り頑張ってみる。けど、まだ全然実務経験がないからどこかで実績を積んだほうがいいのかなって――」

「それなら早速いい話があるよ。うちの社長から蒼恋にホームステージングのお願いがきてるんだけど、どう？」

「社長が？」

「蒼恋の仕事の腕を眠らせておくのは惜しいそうだ。困ったときは協力をお願いしたいと言っている」

「嬉しい！　ぜひやらせてほしいって伝えて」

蒼恋は即答した。

「社長も喜ぶよ」

「あ、でも……」

「ん？」

「晃ちゃんが独立したら、そっちが優先で大丈夫かな。私は晃ちゃんのお手伝いがしたいの。だから――」

「蒼恋」

晃弘にぎゅううっと抱きしめられた。

「ありがとう。嬉しいよ。ぜひそうしてくれ」

「うん……！」

誰かがくる気配はなかったが、誰がきてもいい。蒼恋も晃弘を力いっぱい抱きしめた。

「俺が独立すること、家を建てたいことを、どうせなら思い出の場所で伝えたかったんだ」

「ありがとう、晃ちゃん」

「いい奥さんを持ったと思ってる。蒼恋は俺の誇りだよ」

「あ、晃ちゃんこそ、私の最高の旦那様で私の誇りだよ」

蒼恋のためにしてくれる晃弘の行動を知るたびに、幸せが降り積もっていく。

「私ね、お仕事も頑張りたいけど、晃ちゃんとの赤ちゃんが一番優先だと思ってるから」

「ああ」

「欲張りだけど赤ちゃんもほしいし、晃ちゃんのお手伝いができる仕事もしたい。晃ちゃんのとなりにいれば私、なんでも頑張れる、できると思うから」

「子どものことは自然に任せればいい。こればっかりは授かりものだもんな」

「うん」

「俺もいつだって蒼恋と同じ気持ちだよ」

晃弘の腕のなかで顔を上げた蒼恋は、視線を合わせた。

彼が言うように自然に任せてみたい。それが一番に思えるのだ。赤ちゃんも仕事も、これからのふたりも。

「そらっ」

「きゃっ！」

　突然ふわりと抱き上げられた。

「大きくなったたな、蒼恋」

「び、びっくりした……！」

　彼の向こう側にある温室越しの空は、真っ青に晴れていた。お姫様抱っこをしている晃弘が、満面の笑みで蒼恋を見つめる。

「あのころからずーっと、蒼恋は可愛い可愛い俺の大事な人だよ」

　甘い言葉を惜しみなく注いでくれる幼なじみに、蒼恋も素直な心を差し出す。

「晃ちゃんもずっとずーっと、私の大好きな大切な人だよ」

「これからもずっと、な」

「これからもずっとね」

　額をこつんと合わせて微笑み合った。

　甘く湿った香りがふたりを包む。

　恋を知った場所で、いつでも愛を教えてくれる晃弘が、彼の愛を受けて成長した蒼恋の唇に数え切れないほどのキスの雨を降らせた。

書き下ろし番外編

幸せの匂い

雨上がりの夜。家の駐車場に車を停めた晃弘は、助手席の荷物を確認した。

「お土産(みやげ)、喜ぶかな」

晃弘は蒼恋に買っておいたスイーツを手に、車を降りる。涼しく湿った空気が肌に心地よい。ラジオの天気予報によると、明日は梅雨の合間の晴れ間が広がるそうだ。

「いい家だ」

明かりの灯(とも)る我が家を見上げて、ひとりごちる。

結婚後に建てたこの家に住み始めて、二年が経過した。蒼恋と約束した通り、彼女の知恵や希望をふんだんに取り入れた快適な家だ。だが、建物が良いだけでは「いい家」とはならない。家というのは、住む人の心がそのまま映し出されるからだ。

玄関扉を開けて中に入ると「野田家の匂い」が晃弘を包む。ふんわりとした、甘い匂いだ。いつの間にか新築の香りは消え、この家は自分たちのものになっている。そう思うと、なんともいえない幸福が晃弘の胸に広がった。こういった幸せの積み重ねが、ここを「いい家」と感じさせる理由なのだと、晃弘は実感していた。

「ただいま」

晃弘の声とともに、「きゃあ」という可愛らしい声が、奥のリビングから届いた。晃弘の顔に自然と笑みが浮かぶ。

椅子を引く音や、スリッパがパタパタ鳴る足音が聞こえ、愛しい人たちが現れた。

「晃ちゃん、お帰りなさい！」

蒼恋が満面の笑みで迎えてくれる。結婚当初から、全く変わらない溌剌（はつらつ）とした可愛らしい笑顔が、晃弘の元気の素といってもいいくらいだ。

そして蒼恋の腕の中には、彼女と晃弘の宝物がいる。何にも代えがたい宝物は、この世に生を受けて一年と二ヶ月になろうとしていた。

「ただいま、蒼恋、愛依（あい）」

愛依が「パッパ」と笑って手を叩く。こんなふうにされてしまったら、晃弘の笑顔がさらにとろけてしまうではないか。

「今日は早かったのね」

「頑張って終わらせたんだ。これ、お土産（みやげ）。冷蔵庫に入れておくよ」

「わぁ、ありがとう！　何かな？」

晃弘と廊下を移動しながら、蒼恋が首をかしげる。

「蒼恋が食べたがってた緑茶のゼリー。仕事で東京駅にいってきたついでに、買ってみた」

「嬉しい……！　ごはんのあとに食べていい？」

「もちろん。一緒に食おうよ。愛依ちゃんにはボーロ買ってきたからねー」

パパ優しいねと、愛依に向けて蒼恋が笑う。

日々、仕事で忙しくしている晃弘には、ふたりの笑顔がこのうえないご褒美といっても過言ではなかった。

家を建てて数ヶ月後に蒼恋の妊娠がわかった。

晃弘はこれまで以上に仕事を頑張らねばと喜び、蒼恋はそこでホームステージャーの仕事をきっぱり辞めた。しばらくは育児に専念し、独立したばかりの晃弘の支えになりたいと言ってくれたのだ。仕事に戻れそうになったら、そのときに考えればいいというスタンスでいる。彼女の決意を、晃弘は感謝して受け入れた。

結婚してからというもの、蒼恋の成長は目を見張るものがあったが、母になる覚悟を決めた彼女はさらに大人へと成長していた。そんな彼女のとなりにいられることが、晃弘は嬉しくもあり、誇らしくもあった。

「晃ちゃん、明日から二連休なのね」

ダイニングテーブルについた晃弘の前に、蒼恋がごはんと味噌汁を置く。

「ああ、久しぶりに連休が取れたよ。いつも忙しくて、ほんとにごめんな」

「私たちのために頑張って働いてくれてるんだもん。全然、大丈夫だよ」

蒼恋は正面の席に座り、飲みかけの味噌汁に手をつける。愛依は彼女のとなりで、ストロー付きのマグを使って麦茶を飲んでいた。器用になったものだ。

そんな愛依を見つめながら、晃弘は蒼恋に言った。

「明日は俺が愛依を見てるから、ひとりで出かけておいでよ」

「え……いいの？」

蒼恋が箸の手を止める。彼女は驚いた顔でこちらを見ていた。

「最近、愛依のことは蒼恋に任せきりだったからな。明後日(あさって)は三人でどこかへ行こう」

「ありがとう！」

蒼恋が嬉しそうに両手を合わせた。それを見た愛依も真似をして、手をぱちぱちと叩いている。

もとから忙しい職種ではあるが、独立してからというもの、毎日目が回るように忙しく、家のことは蒼恋にほぼ任せきりだった。休日はなるべく家族ですごすようにしていても、つき合いのゴルフや出張などが入ることもある。

ひと息つけそうなときは、蒼恋を休ませてやりたいと前から思っていたのだ。

「えっとじゃあ、美容院にいって、メイクと洋服も見て……、ひとりでランチもしちゃおうかな」

蒼恋は嬉しそうに、あれこれ思いを巡らせ始めた。

「どうぞどうぞ。夕飯は俺が用意しておくから、帰りもゆっくりで大丈夫だよ」

「じゃあ、お言葉に甘えちゃうね。愛依、明日はパパとよろしくね」

蒼恋は愛依の頬を、優しくつついて言った。

翌日午前中に、蒼恋はそっと家を出た。愛依に気づかれると泣かれてしまうからだ。

蒼恋の母が愛依を預かるときも、相当手こずるという。

「あーいーちゃん。今日はパパといっぱい遊ぼうねー」

お座りをして積み木をいじっていた愛依に話しかけると、彼女が顔を上げて、あたりを見回した。

「っ！」

蒼恋がいないことに気づいたのか、愛依の顔が引きつる。これは早速マズい。

「あ、あぁ、大丈夫、大丈夫。ママはすぐに帰ってくるからね」

愛依を抱き上げ、その顔を間近で見る。

「可愛いなぁ……」

愛依は蒼恋に似ていると思っていたのだが、晃弘にそっくりだと蒼恋や蒼恋の両親、晃弘の父に言われた。蒼恋に似たほうが良いのではと悩んだり、照れくさくなったりもしたが、今は素直に喜んでいる。自分に似た女の子というのは、なんとも不思議なものだ。

「……っ、マッ……マ……、うっ」

あっという間に愛依のつぶらな瞳が涙でいっぱいになり、ポロリと一粒零れた。つるつるの頬の上で、涙がキラキラ輝いている。

「あ、でも……泣くとママに似てるな」

「うっ、うぇーっ！」

晃弘の腕の中で、愛依が全力でのけぞる。小さな体のどこから出るのか、とんでもなく強い力だ。

「おお、ごめんごめん。お茶でも飲むか？　お昼はまだだしな……、ボーロ食べようか？」

棚からボーロの袋を取り出すと、愛依が一瞬で泣き止む。彼女をテーブル付きのチェアに乗せ、ボーロを小皿に取り分けた。とたんに、愛依が嬉しそうにボーロを食べ始める。しかし……

「無限に食べそうな勢いだな。そろそろやめようね」

「いぁっ！」

晃弘の言葉に反応した愛依が、小皿を両手で持ち、ぶんと横に振った。十個ほどのボーロが宙を飛んでいく。

「あらら、こりゃ大変だ」

晃弘はボーロを拾い、リビングの壁にかかった時計を見上げた。

「あ、洗濯するの忘れてた。掃除機もかけたいし、そのあとで愛依のお昼ごはんか」

天気がいいから散歩に連れていきたい。帰宅後に昼寝をさせて……

「パッパ！」

テーブルをバンと叩いた愛依に呼ばれる。ボーロを一粒、愛依の口に入れて、チェアから抱き上げた。窓の外を見たり、おもちゃで遊んでいると、なんとかボーロを忘れてくれた。

その後、家事を進めようとしたのだが、愛依にかまっているだけでどんどん時間がすぎていき、全く思うようにいかない。

どうにか愛依の昼ごはんを済ませ、家事が終わったときには二時をすぎていた。

「ベビーカー乗って、散歩にいこうか？」

「あーい！」

機嫌が良くなった愛依が、元気に手を上げた。ここまで必死だった晃弘も、彼女の笑顔を見てようやくホッとする。

「タオル、ティッシュ、飲み物……と。おむつは替えたし、日焼け止めは塗った。帽子もかぶらせて、と。支度はこれでいいかな？　よし、お靴履こう」

小さな足に小さな靴を履かせた。

愛依は最近つたい歩きができるようになった。公園でもやりたがるので、靴は必須だ。外に出ると空は青く、水分を多く含んだ木々の葉が輝いている。空気が清々しい。

「ああ、いい気持ちだ」

ベビーカーを押す晃弘の前を、ツバメがすいっと横切った。平日の午後は静かだ。この平和な雰囲気をいつまでも堪能したくなる。

「幸せだなぁ……愛依」

「わんわ！」

ベビーカーから元気な声が飛び出した。晃弘は足を止めて、愛依の前にかがむ。歩道の向こうから男性が歩いてくる。愛依は男性が連れていた犬を指さしていた。

「おっ、犬か。わんわん、可愛いね」

晃弘の言葉に、愛依は笑顔で手を叩いた。

「愛依が大きくなったら飼うか？」

「わんわ！　わんわ！」

「よーし、今度ママと相談してみよう」

にこーっと愛依が笑う。帽子からはみ出たサラサラの髪が日の光に輝き、澄んだ大きな目が晃弘を見つめていた。……天使がここにいる。

「あっじゅじゅ」

「ん？　今度はなんだ？」

「あっじゅっじゅ」

ぷくぷくした小さな指が、ベビーカーのフロントガードについたぬいぐるみをさしている。

「……あ！　このクマか。あっじゅっじゅ？」

「あっじゅじ」

「ははっ、毎回微妙に違うな」

晃弘が笑うと、愛依も声を上げて笑った。

こんなに小さくとも、心が通じ合う瞬間がある。その一瞬一瞬が、かけがえのない宝物となっていくのだ。自分自身が生きている意味を、この小さな存在から教えられていると感じずにはいられなかった。

「すごいね、晃ちゃん……！」

帰宅した蒼恋が、リビングで目を丸くしている。

「洗濯物はたたんであるし、お掃除も終わってる！　愛依のお風呂も済んでるなんて……！」

「夕飯までは手が回らなくて宅配だけどな、ごめん」

「全然だよ！　ありがとう、晃ちゃん！」

猛スピードでハイハイしてきた愛依を、蒼恋が抱き上げた。

「愛依ちゃん、パパと楽しかったね。ありがとうね」

「マッ、マッマ……！」

蒼恋に抱かれた愛依は、安堵からか、泣きべそをかき始めた。ママが帰ってきて良かったな、と晃弘は愛依の頭を撫でる。

「少しは休めた？」

「うん！　あっちこっちいって、ランチもお茶もしちゃった」

愛依を抱きながら、蒼恋がダイニングテーブルにつく。晃弘は蒼恋のお気に入りのハーブティーを淹れて、彼女の前に置いた。

「ありがとう」

「その髪型、似合ってるね」

「長さは一緒だけど、前髪だけ変えたの。変じゃない？」

「ああ。可愛いよ、すごく」

自分も席についた晃弘は、蒼恋の顔をじっくり眺めて言った。

照れくさそうに笑った蒼恋は、次の瞬間、すまなそうな表情を見せる。

「……でも、晃ちゃんの貴重な一日をもらっちゃって、ごめんなさい」

「謝る必要ないって。俺が普段、子育てに加わることが難しいんだからさ。定期的に蒼恋がひとりになれる時間を作るよ」

一日中、愛依と忙しくすごしている蒼恋には感謝の念しかない。トイレにいく暇すらないのだから、毎日相当大変なのは確かだ。

「うん、ありがと。お礼するね、晃ちゃん。なんでも言って？」

優しげな微笑みを向けられて、晃弘の体が急激に疼いた。蒼恋が妙に艶めかしく見える。

「ふうん。お礼ね……」

晃弘は席を立ち、座っている蒼恋の後ろに立つ。

「じゃあ愛依が寝たら、俺が蒼恋のこと独り占めしていい？　明日休みだし、さ」

かがんだ晃弘は後ろから、愛依ごと蒼恋を抱きしめる。髪にキスを落とすと、花の香りが晃弘を満たした。欲求がますます高まっていく。

「あ、晃ちゃん」

「疲れてるならいいんだ。でも、今夜は蒼恋のこと抱きたい。……抱かせて」

蒼恋の髪を指で弄びながら形のいい耳元で囁くと、彼女の体がびくんと揺れた。本当は今すぐこの場に押し倒したいほどに、晃弘の体は蒼恋を求めていた。愛依と家を守ってくれている蒼恋が愛しくてたまらない。今日、改めてそれを実感したのだ。

「……ダメ？」

「全然、ダメじゃない。今朝は寝坊するほど眠っちゃったし、ひとりでリラックスできたから疲れてないの。でも、そんなふうにストレートに言われると……、なんか、恥ずかしい……」

「恥ずかしいのか？」

「う、うん」

蒼恋がうつむいた。首筋まで赤くなっている。そんなにも初々しい反応をされると、さらに追い詰めたくなってしまう。

「じゃあ、もっとオブラートに包んで誘うよ」

「えっと、うん」

「……俺とセックスして、蒼恋」

蒼恋の赤くなっている耳を甘噛みした。

「ひゃっ！」

反射的に蒼恋が顔を上げた。

「も、もっとストレートになってるでしょ……！」

「ははっ、可愛いなぁ。じゃあ、あとでね」

「……うん」

「約束だよ？」

「あーい！」

蒼恋よりも先に愛依が元気に返事をしたので、思わずふたりで笑ってしまった。

晃弘が愛依を寝かしつけ、その間に蒼恋はシャワーを浴びた。薄暗い寝室のベッドで蒼恋を迎える。愛依はベッドに横付けしているベビーベッドでぐっすり眠っていた。

「ほんとにいいのか？　無理するなよ？」

蒼恋を抱きしめながら問いかける。

「うん、大丈夫。私も……、晃ちゃんとしたい、から」

蒼恋がぎゅっと抱きしめ返してくる。健気（けなげ）な言葉を吐き出す唇へ自分の唇を寄せた。

「好きだよ、蒼恋」

「私も、好き……晃ちゃん、んっ」

唇を合わせ、徐々にキスを深くしていく。蒼恋の甘い唾液をすすり、呑み込んだ。

こうしてゆっくり体を合わせるのは久しぶりだ。蒼恋の華奢（きゃしゃ）な体と喘（あえ）ぎ声が、晃弘の興奮をあおる。

「蒼恋、蒼恋……！」

「晃ちゃ、あっ」

剥（は）ぐように蒼恋の服を脱がせて、自分も脱いだ。甘いボディジェルの香りが蒼恋から立ちのぼる。蒼恋が新婚旅行からずっと気に入って、使い続けているものだ。

滑らかな肌を撫でながら、晃弘は囁（ささや）くように言葉をかける。

「愛依を産んでから、ちょっと変わったよな」

「えっ！　あ、やっぱりお尻、大きくなっちゃった？」

蒼恋が焦って体をよじった。可愛い反応に思わず笑みが浮かぶ。

「いや、全然そうじゃなくて、色気が半端ないってこと。今日……ナンパされなかった？」

「さ、されるわけないでしょ？　子持ちの主婦だよ？」

「蒼恋は自分をわかってないな」

白い首筋に唇を這（は）わし、滾（たぎ）った自身を蒼恋の太ももに押しつけた。……早く、挿（い）れたい。

「人妻の色気が滲み出てて危険なんだよ。前から可愛かったけど、愛依を産んでからますます綺麗になってる……」

「あ、晃ちゃん、いつも褒めすぎだよ」

「本当のことだからしかたないだろ」

柔らかく大きな胸を揉みしだくと、蒼恋が小さく嬌声を上げる。

「あ……っ、晃ちゃんも、いつまでも素敵……。大好き、晃ちゃん……んっ」

「本当に？」

晃弘は蒼恋との年齢の差に、いまだに不安を感じることがあった。だからつい、確かめようとしてしまう。

「晃ちゃんは永遠に……私の憧れの人だから」

晃弘の首に手を回した蒼恋が、うるんだ瞳でこちらを見つめた。この瞳が何度晃弘を虜にしたか、わからない。

「今日一日すごしてみて、蒼恋がちゃんと愛依を育ててくれているのが、身に沁みてわかったよ。愛依はいい子だ。それは蒼恋のおかげなんだ。俺は蒼恋が誇らしいんだよ」

「晃ちゃんが、いつだって私たちを守ってくれてるからだよ？　だから安心して愛依と向き合えるの。私、すごく幸せ……」

言葉にして伝え合う大切さを確かめるように、強く抱き合った。

「愛してるよ、蒼恋。ずっと一緒に、みんなで幸せになろうな」

「うん。私も愛してる、晃ちゃん……！　みんなで幸せになろうね！」

時間をかけていないのに、互いの体はすっかり準備を終えていた。

「こうしてじっくり蒼恋を可愛がる時間も、もっと取るから。……いいだろ？」

「晃ちゃんてば……」

蒼恋は恥じらいながらも、嬉しいと小さくつぶやく。それが晃弘のタガを外す合図となった。

甘い匂いのする家で、晃弘は一晩中、蒼恋を愛し尽くした。

ある日突然、祖母の遺言により許嫁ができた一葉(かず は)。しかもその許嫁というのは、苦手な鬼上司・克(かつみ)だった！ 一葉は断ろうとするも言いくるめられ、なぜか克の家で泊まり込みの花嫁修業をすることになってしまう。ところが、いざ同居が始まると、会社ではいつも厳しい克の態度が一変！ ひたすら甘～く迫ってきて──!?

本体640円+税 ISBN 978-4-434-25438-3

鳴海優花(なるみゆか)には、学生時代ずっと好きだった男性がいた。その彼、小鳥遊(たかなし)に大学の卒業式で告白しようと決めていたが、実は彼には他に好きな
が……。失恋しても彼が心から消えないまま
過ぎ二十九歳になった優花の前に、突然小
再会した彼に迫られ、優花は小鳥遊
係を結ぶことを決め——

本体640円+税　ISBN 978-4-434-27513-5

アルファポリス
エタニティ人気の12作品
アニメ化決定!!
Eternity
エタニティ
深夜の濡恋ちゃんねる
Sweet
Love
Story
NUREKOI
2020年
秋頃
放送開始
予定
TOKYO MXにて
通常版 TV放送 &
エタニティ公式サイトに
デラックス♥版 WEB配信
詳しくはエタニティ公式サイトをご覧ください。
エタニティブックス
https://eternity.alphapolis.c

本書は、2017年4月当社より単行本として刊行されたものに、書き下ろしを加えて文庫化したものです。


この作品に対する皆様のご意見・ご感想をお待ちしております。

おハガキ・お手紙は以下の宛先にお送りください。

【宛先】

〒150-6008 東京都渋谷区恵比寿4-20-3 恵比寿ガーデンプレイスタワー8F
(株) アルファポリス　書籍感想係

メールフォームでのご意見・ご感想は右のQRコードから、
あるいは以下のワードで検索をかけてください。

ご感想はこちらから

エタニティ文庫

年上幼なじみの若奥様になりました

葉嶋ナノハ

2020年8月15日初版発行

文庫編集－熊澤菜々子・塙綾子
発行者－梶本雄介
発行所－株式会社アルファポリス
〒150-6008 東京都渋谷区恵比寿4-20-3 恵比寿ガーデンプレイスタワー8F
TEL 03-6277-1601（営業） 03-6277-1602（編集）
URL https://www.alphapolis.co.jp/
発売元－株式会社星雲社（共同出版社・流通責任出版社）
〒112-0005 東京都文京区水道1-3-30
TEL 03-3868-3275
装丁イラスト－芦原モカ
装丁デザイン－ansyyqdesign
印刷－中央精版印刷株式会社

価格はカバーに表示されてあります。

落丁乱丁の場合はアルファポリスまでご連絡ください。

料は小社負担でお取り替えします。


78-4-434-27757-3 C0193